Furieuses retrouvailles

KELLY HUNTER

Furieuses retrouvailles

Traduction française de
ANNE-LAURE PRIEUR

AZUR

HARLEQUIN

Collection : Azur

Titre original :
STOLEN PRINCESS'S SECRET

HARPERCOLLINS FRANCE
83-85, boulevard Vincent-Auriol, 75646 PARIS CEDEX 13
Service Clients — https://www.harlequin.fr/contenu/contactez-nous
ISBN 978-2-2805-1684-6 — ISSN 0993-4448

Édité par HarperCollins France.
Composition et mise en pages Nord Compo.
Imprimé en avril 2025 par CPI Black Print (Barcelone)
en utilisant 100% d'électricité renouvelable.
Dépôt légal : mai 2025.

MIXTE
Papier issu de sources responsables
FSC® C159065

Pour limiter l'empreinte environnementale de ses livres, HarperCollins France s'engage à n'utiliser que du papier fabriqué à partir de bois provenant de forêts gérées durablement et de manière responsable.

Prologue

— Plus grande, moi aussi, je serai fauconnière, déclara Claudia en regardant Tomas tendre un morceau de viande au majestueux faucon pèlerin perché sur son bloc.

— Cela m'étonnerait.

Tomas enroula un bracelet de cuir autour de la patte du rapace. Cette femelle du nom de Lolo était le premier fauconneau, ou eyas, élevé par Tomas, qui en prenait le plus grand soin. Son père, grand fauconnier du roi, y veillait. Il plaça le second morceau de viande dans la main gantée de Claudia et la lui fit tendre de manière que Lolo l'attrape facilement.

— C'est interdit pour toi.

— Parce que je suis une fille ?

— Parce que tu es une princesse. Les princesses ne deviennent pas fauconnières.

À onze ans, il était assez grand pour le savoir.

— Bien sûr que si !

S'il se retournait, il se heurterait à des yeux d'ambre accusateurs, plus perçants que ceux de ses faucons. Aussi se concentra-t-il sur Lolo, ajustant le bracelet à sa patte avant d'y accrocher le jet, tous deux fabriqués par ses soins dans le meilleur cuir, sous le regard attentif de son père. Le cuir avait ensuite été graissé pour l'assouplir le plus possible.

— D'accord, peut-être peux-tu être fauconnière pendant ton temps libre, concéda-t-il.

— Seras-tu mon fauconnier ? demanda la princesse.

— Peut-être.

Son père était le fauconnier attitré de la famille royale de Byzenmaach, comme son propre père avant lui.

— Si je fais mes preuves…

— Je suis sûre que oui.

Elle ne manquait pas de confiance en elle, du haut de ses sept ans. Peut-être était-ce pour cela que les oiseaux la respectaient. Elle n'avait pas peur de leur bec acéré et leurs serres tranchantes. Mais elle restait prudente en leur présence, consciente d'avoir affaire à des prédateurs. Elle suivait les consignes à la lettre, qu'elles viennent de Tomas ou de son père. Le garçon se sentait important dans ces moments-là. Il aimait quand elle faussait compagnie à ses tuteurs pour visiter les volières.

— Voilà, ma belle, tu es prête, dit-il à Lolo. Il te plaît, ton nouveau jet ?

Lolo était robuste et rapide comme l'éclair, élevée pour remporter les courses les plus prestigieuses.

— Peut-être t'emmènerai-je en Arabie saoudite, un jour. Si tu gagnes leurs contre-la-montre, tu pourrais rapporter une fortune.

— Je peux venir aussi ? demanda Claudia. Que feras-tu de cette fortune ?

— Rien. Elle ne sera pas à moi.

— En effet, affirma la voix rocailleuse de son père derrière eux. Ces oiseaux appartiennent à la Couronne, de même que tout prix qu'ils seraient amenés à remporter.

Son regard se posa sur Claudia.

— Votre gouvernante vous cherche partout, Princesse.

— Alors elle est réveillée, bougonna Claudia.

Elle ne vit pas le sourire amusé du fauconnier. Tomas, si. Son père était un homme sévère, mais juste, et toujours bienveillant. Il avait le don, disait-on. Personne ne gagnait la confiance des animaux blessés comme lui. Tomas rêvait d'avoir le don, lui aussi.

— Laissez-moi vous raccompagner, dit-il de sa voix grave. Tomas, prépare l'enclos trois pour la prochaine entrée.

L'enclos trois était l'une de leurs plus grandes volières.

— Qu'est-ce qu'on a, aujourd'hui ?

— Un couple d'aigles des steppes.

— Waouh ! C'est super rare !

— En effet.

Son père les gratifia d'un de ses rares sourires.

— Alors dépêche-toi de rentrer Lolo et mets-toi au travail.

— Tout de suite, papa. Au revoir, Cl...

Le froncement de sourcils de son père l'interrompit net. L'amitié de la princesse ne devait pas lui faire oublier son rang. Combien de fois avait-il eu droit à ce sermon ? Trop pour vouloir l'entendre à nouveau.

— Au revoir, Princesse.

— Les aigles arrivent-ils aujourd'hui ? questionna-t-elle. Ont-ils des noms ? À quoi ressemblent-ils ?

— Vous les verrez demain si votre père le permet, répondit le fauconnier.

Tomas et son père échangèrent un regard.

— Le roi Leonidas et ses amis chasseurs seront là ce soir. J'ai déjà prévenu le chef palefrenier.

Tomas hocha la tête et attacha Lolo à son perchoir. Le roi Leonidas était un homme cruel et irascible, connu pour avoir la main leste. Surtout quand elle tenait une cravache. La douzaine de juments paissant dans la vallée allait devoir être conduite dans les montagnes afin que le roi ne les voie pas. Après son départ, Tomas et son père enverraient des faucons avec un ruban vert à la patte, code signalant aux palefreniers restés auprès des juments qu'ils pouvaient les ramener dans la vallée. Tomas espérait que le roi et ses amis ne s'attardent pas trop.

Le regard de Claudia s'était éteint à la mention de son père. Elle aussi serait gardée hors de vue du souverain durant son séjour à la forteresse d'hiver.

— Au revoir, Tomas. Au revoir, Lolo.

Elle agita tristement la main, sa belle assurance envolée. Son père avait appris à Tomas à veiller à ce qu'un animal se sente toujours en sécurité, jamais anxieux. C'était la règle d'or. Pourquoi ne semblait-elle pas s'appliquer à la princesse ?

Il se pencha pour lui souffler à l'oreille :

— Tu te souviens de la cachette que je t'ai montrée ?

Une pièce secrète dans le rempart de la forteresse, qu'il avait aménagée à l'aide de bottes de foin et de couvertures empruntées ici et là. Il y avait même apporté sa collection de plumes dans un vieux vase en argile.

— N'hésite pas à y aller en cas de besoin. Je ne cafterai pas, promis.

Ses yeux ambrés s'embuèrent de larmes. Elle opina et le serra très fort dans ses bras, avant de tourner les talons et disparaître. Tomas croisa le regard sévère de son père. Il carra les épaules.

— Elle a peur, se justifia-t-il.

— Elle a un frère et une mère. Ils sont mieux placés pour veiller sur elle.

La main de son père s'abattit sur son épaule.

— Tu ne dois pas l'encourager à se réfugier auprès de toi, compris ?

— Parce que c'est une princesse ?

— Oui. Et parce que si tu te mets le roi à dos, personne ne pourra te protéger de son courroux. Pas même moi.

Tomas se dégagea dans un rare accès de rébellion. Ce n'était pas normal que Claudia ait aussi peur de son père. Ou que sa mère reste alitée en laissant ses enfants affronter le courroux du souverain. Il ne savait même pas ce que « courroux » voulait dire. Ce qui était sûr, c'était que le roi Leonidas était dangereux, à l'instar de certains des oiseaux de proie qu'ils élevaient. Dangereux, colérique et imprévisible.

— Pourquoi ne pas proposer que la princesse vienne m'aider plus souvent ? suggéra-t-il. Elle serait à l'abri, ici, comme les juments dans les montagnes. On pourrait la former en lui confiant un des fauconneaux pèlerins. Elle n'aurait plus à venir en cachette. Où est le mal ?

— Tu es trop sensible, commenta son père. Tout le portrait de ta mère.

Tant mieux. Sa mère était décédée des années plus tôt d'une leucémie foudroyante. Elle le serrait dans ses bras et le taquinait quand ses cheveux rebiquaient. Son père souriait avec elle. Elle seule savait le faire rire. Lui ressembler ne pouvait être qu'un compliment, non ?

— Elle a besoin d'être protégée. S'il te plaît, papa. Peux-tu demander ? Ce n'est pas une mauvaise idée qu'elle élève un des eyas.

Son père se pencha afin que ses yeux soient à hauteur des siens. Le cœur de Tomas se gonfla d'espoir.

— Entendu, dit-il. Je vais essayer. Mais tu dois me promettre de me laisser faire, d'accord ? Personne ne doit savoir que c'est pour la protéger. Si le roi vient ici, fais profil bas. Ne va pas t'attirer d'ennuis.

Tomas hocha vigoureusement la tête.

— Promis.

Quelques jours plus tard, son père obtenait la permission d'initier Claudia à la fauconnerie. Au début, tout avait fonctionné à merveille. Mais les meilleures intentions ne gagnaient pas toujours. En fin de compte, son plan n'avait pas suffi à protéger la princesse.

1

Il faisait frais en ce jour d'été. Malgré le grand ciel bleu, un vent capricieux fouettait sa veste en toile. Une journée comme les autres pour Tomas Sokolov, posté sur le plus haut rempart de l'ancienne forteresse montagneuse, un faucon sur le poing. Il était grand fauconnier du roi, une fonction héritée de son père dans laquelle il s'épanouissait. Il n'échangerait sa place pour rien au monde.

Le faste et les responsabilités de la vie d'aristocrate n'étaient pas pour lui. Il n'aimait guère les gens, à quelques exceptions près, et le pouvoir ne l'intéressait pas. Lorsqu'il élevait ses aigles et ses faucons, ou tout autre oiseau, sa volonté était absolue. Cela lui plaisait. Un peu trop, sans doute. Tomas le tyran ? Peut-être était-il bien assoiffé de pouvoir, tout compte fait.

Byzenmaach avait connu son lot de despotes. Mais le vieux roi Leonidas était mort et son fils Casimir lui avait succédé. Tomas n'avait rien contre Cas. Un chef d'État pragmatique valait mieux qu'un fou sanguinaire. Des alliances se développaient. Le pays prospérait. Un avenir prometteur se dessinait pour le royaume. Et rien de tout cela n'était sa responsabilité. Tomas n'avait pas à se plaindre.

Alors qu'est-ce qui l'incitait, en cette journée banale, à surveiller le col au nord ouvrant sur la plaine ? D'où venait cet étrange frisson d'anticipation ? Son faucon aussi était fébrile, impatient de voler librement et se mettre en chasse. Tomas le détacha. Il aimait le regard aiguisé du prédateur, perché sur son gantelet.

— Prêt ? murmura-t-il. Tu me diras ce qu'il y a là-bas.

Sûrement des loups ou des carcajous.

— Qu'est-ce que vous faites ? lança une voix depuis le pied des remparts.

Pas besoin de se pencher au-dessus du parapet pour savoir à qui elle appartenait. Ce qu'il fit quand même.

— Vous êtes de retour.

À sept ans, la jeune Sophia, fille du roi Casimir, était le portrait craché de feu sa tante Claudia. Fruit d'une brève liaison, elle avait grandi comme une enfant ordinaire les six premières années de sa vie, sans savoir qui était son père. Selon ses dires, Cas ignorait qu'il avait une fille. En découvrant son existence, il s'était fiancé à la mère de Sophia et toutes deux étaient venues vivre au palais. Tomas se demandait parfois si sa vie d'avant manquait à la fillette. Aimait-elle sa nouvelle existence royale dans sa cage dorée ?

Sophia avait les yeux de sa tante… Ces yeux d'ambre saisissants. Une crème d'enfant, vive et curieuse, qui adorait explorer la vieille forteresse avec ses lévriers. Ce n'était pas de sa faute si Tomas ne pouvait la regarder sans être assailli par le souvenir de Claudia. Il avait beau l'éviter, l'ignorer ou la rabrouer, elle recherchait sans cesse sa compagnie. Il avait honte de son attitude et s'était promis d'être plus gentil. Autant commencer aujourd'hui.

Avec effort, il se composa un semblant de sourire.

— J'allais lancer un faucon. Où sont vos gardes ?

Dieu merci, le roi Casimir était très protecteur envers sa fille. Une sécurité constante était la norme pour quiconque vivait dans et autour de la forteresse. Tomas ne tarda pas à repérer deux gardes armés, l'un près de la porte des écuries, l'autre longeant le rempart extérieur. Où était le troisième ? Comme invoqué par ses pensées, un autre garde sortit de l'ombre de la muraille et esquissa un bref salut. Une nouvelle recrue ? Jeune, de surcroît. Tomas se méfiait des nouveaux. Ces guerriers novices imbus de confiance en eux étaient les pires.

— Maître fauconnier, pouvons-nous monter ?

— Si vous insistez.

Il soupira comme la princesse et son garde gravissaient l'escalier. Sophia n'y était pour rien si Claudia avait été enlevée enfant contre rançon. Ses ravisseurs, des clans du Nord, exigeaient voix au chapitre concernant l'accès à l'eau. Le roi Leonidas avait refusé de négocier et sa fille en avait payé le prix. Vingt ans plus tard, Cas invitait enfin ces clans à se joindre aux discussions. Claudia était morte pour rien.

Sophia l'avait rejoint et tentait de se hisser sur le bord du parapet.

— Descendez, gronda Tomas.

La princesse perchée en équilibre instable à plusieurs dizaines de mètres du sol ? Certainement pas. Elle allait lui donner une crise cardiaque ! Il désigna une large dalle calée contre le mur.

— Restez debout là. Interdiction de poser vos coudes sur le rempart, de vous appuyer contre ou de vous pencher par-dessus. C'est compris ?

— Oui, maître fauconnier !

Sophia se fendit d'un grand sourire. Pourquoi souriait-elle alors qu'il la réprimandait ? La fillette couvait le faucon des yeux, mais se garda d'essayer de le toucher.

— Comment s'appelle-t-il ?

— *Elle*, rectifia-t-il. C'est une femelle.

Sophia était obsédée par le nom des oiseaux. Exactement comme sa tante, enfant.

— Elle s'appelle Carys. Elle a cinq ans.

— Reviendra-t-elle si vous la libérez ?

— Normalement, oui. Elle et moi avons un lien fort. Mais il y a toujours un risque qu'elle ne revienne pas.

— Que faites-vous dans ce cas-là ? questionna la princesse.

— Je lui dis au revoir et la laisse partir.

Il extirpa une paire de jumelles du sac à ses pieds.

— Savez-vous les utiliser ?

— Oui !

Au même moment, un sifflement s'éleva du rempart extérieur,

suivi par deux autres. Les gardes s'attroupèrent en pointant du doigt le nord. Sophia braqua les jumelles dans la même direction. Tomas se retint à grand-peine de les lui arracher des mains. Ce ne serait pas correct.

— Il y a une dame à cheval habillée en fourrures, décrivit Sophia. Et aussi un homme sur un autre cheval et deux lévriers.

— Chevauchent-ils vers nous ?

— Oui.

Un étrange pressentiment saisit Tomas. Son cœur cognait dans sa poitrine sans qu'il s'explique pourquoi.

— Rendez les jumelles au maître fauconnier, Princesse. Et accroupissez-vous, ordonna l'un des gardes.

Tomas le remercia en son for intérieur.

— Il y a un ruban violet dans mon sac. Vous voulez bien le chercher pour moi ?

De quoi occuper la fillette. À son tour, il dirigea les jumelles vers les cavaliers. Sophia avait raison. Deux personnes, deux chevaux, deux lévriers. À la vue de la femme aux cheveux sombres, son sang se glaça.

Non. Elle est morte.

Et si... ?

Son corps n'avait jamais été rendu.

Cela fait plus de vingt ans !

Il était là, le jour où elle avait été kidnappée par l'un des gardes censés la protéger. Il les avait aperçus ensemble dans les jardins, sans se poser de question. Pendant des années, il s'en était voulu de ne s'être douté de rien. Si seulement il avait fait signe à Claudia... S'il l'avait appelée au lieu de se dépêcher de rejoindre son père car lui et la princesse n'étaient pas censés être amis en public... Si seulement il avait fait *quelque chose* !

Personne ne l'avait plus jamais revue.

Il s'accroupit près de Sophia.

— Vous savez ce que c'est ? demanda-t-il en désignant le ruban de soie violet.

Elle fit non de la tête.

— C'est une ancienne méthode de communication parfois utilisée par les fauconniers.

Il ignorait pourquoi il avait apporté le ruban. Peut-être à cause d'un vieux souvenir de lui et Claudia assis devant la cheminée, un livre sur les genoux listant toutes les couleurs portées par les rapaces royaux et leur signification. Comme toujours, il lisait et Claudia écoutait.

— Si je l'attache à la patte droite de Carys, comme ceci, ce ruban signifie qu'un membre de la famille royale est présent et offre sa protection aux visiteurs, expliqua-t-il.

— Maître fauconnier, avez-vous le droit d'offrir ma protection ?

— Trop tard.

Tomas leva le bras et Carys s'envola dans le ciel.

— À peine une poignée de gens savent encore ce que ce ruban signifie.

Alors pourquoi envoyer un tel signal ? Par instinct ? Ou mû par un espoir insensé ?

Le bruit se répandit dans la forteresse que des cavaliers approchaient, attisant la curiosité générale. Des visiteurs arrivant de la montagne à cheval étaient inhabituels. Carys les repéra et se dirigea vers eux. Rien d'anormal à cela. Tomas l'avait entraînée à détecter la présence de gros animaux. La femme mit pied à terre, sortit un gantelet de sa sacoche et appela le faucon, qui piqua droit sur elle.

Son faucon.

En utilisant *ses* signaux.

Impossible. Sauf si...

Une sueur froide perla dans son dos. S'il avait été seul, il se serait laissé glisser le long du rempart. Mais il se contenta de s'y appuyer d'une main, le temps de se reprendre.

— Sophia, allez chercher l'intendant Silas et dites-lui de monter.

Silas et sa femme Lor assuraient la gestion de la forteresse depuis des décennies. Si quelqu'un était susceptible de l'écouter, c'était lui. Et encore.

Dix interminables minutes plus tard, Silas, essoufflé, arrivait sur le rempart, accompagné d'Ana, la mère de Sophia et future reine consort. Tomas relata l'appel de son faucon par la cavalière en s'efforçant de garder une contenance calme et posée.

— Une fauconnière ? avança Ana.

— Il pense qu'il s'agit de Claudia, devina Silas, les yeux fixés sur Tomas.

— Je n'ai pas dit cela.

— Mais c'est ce que tu crois, n'est-ce pas ?

— Claudia ? La sœur décédée de Casimir ?

Le regard d'Ana passa de Silas à Tomas.

— Vous n'êtes pas sérieux ?

— Nous n'avons jamais récupéré son corps, rappela Tomas.

— S'il vous plaît, souffla Ana. Ma fille nous écoute.

Tomas était mortifié. Silas soupira en secouant la tête.

— Parvenez-vous à distinguer son visage ? demanda la future reine.

— Non. Elle porte une coiffe traditionnelle qui le dissimule. Il pourrait s'agir de n'importe qui.

— Mais vous pensez que c'est elle.

— Je n'en sais rien !

Tomas jura dans sa barbe. Bon sang, depuis quand jurait-il devant les femmes et les enfants ? Ce n'était pas dans ses habitudes de perdre son sang-froid.

— Elle connaissait les rubans de couleur et leur signification, reprit-il. Je lui avais lu ce passage du *Manuel royal de la fauconnerie* alors qu'elle m'aidait à soigner un faucon blessé. Elle était douée avec les oiseaux. Ils lui faisaient confiance. Elle connaissait aussi tous nos signaux.

— Pourquoi ne pas être revenue avant ? Pourquoi maintenant ? questionna Silas.

— Qu'est-ce que j'en sais ! s'emporta Tomas.

À vrai dire, il avait bien une idée.

— Le père qui l'a abandonnée à son sort est mort et son frère est un bon souverain. Byzenmaach s'ouvre enfin au progrès. Peut-être est-ce ce qui l'a décidée à rentrer ?

— Vous pensez vraiment qu'il s'agit d'elle ? insista Ana.

Le regard de Tomas passa de la future reine à Silas, puis à Sophia, qui les fixait avec des yeux écarquillés. Il n'en savait rien. Comment être sûr ? Il annonçait le retour d'une femme d'entre les morts ! C'était sa réputation et sa position de grand fauconnier du roi qui étaient en jeu.

— Oui.

— Dans ce cas, il faut prévenir Cas.

La vieille forteresse grise se découpait sur le ciel d'azur, exactement comme dans son souvenir. Encastrée dans la falaise, elle était inattaquable par le sud, dominant une profonde vallée encaissée à ses pieds. Au nord, d'où ils arrivaient, se dressait une imposante chaîne de montagnes, uniquement accessible aux plus aguerris des clans locaux. Entre les montagnes et la forteresse s'étendait une vaste plaine nue, un ancien champ de bataille sans aucun bois où se cacher. Ils avaient été repérés, bien sûr. Le faucon sur son poing le confirmait.

Un faucon qui portait un ruban violet.

Si sa mémoire était correcte, ce ruban signifiait : « Vous êtes les bienvenus. La famille royale vous offre sa protection. »

Elle n'avait averti personne de son arrivée. Qui croirait à son identité ? Elle n'était même pas sûre qu'on la reconnaisse en la voyant. Tant d'années s'étaient écoulées ! Elle avait beaucoup changé. Avec un peu de chance, il y aurait quelqu'un qui l'avait connue enfant. Son frère, idéalement. Silas et Lor, le couple d'intendants, s'ils n'étaient pas en retraite.

Tomas.

Le faucon sur son poing semblait indiquer sa présence. Ou se faisait-elle de faux espoirs ?

— Première fois que je te vois sourire de la semaine, murmura son compagnon.

Avoir Ildris à ses côtés était un réconfort. Ses douze années de plus lui conféraient une aura de force et de maturité. Des mots qui le décrivaient à la perfection. Il était comme un grand frère pour elle.

— Rentrer à la maison me fait un peu peur, admit-elle en tirant deux rubans de sa sacoche.

Un blanc en signe de paix. Un violet en signe de royauté. Docile, le faucon la laissa les nouer au bracelet de sa patte gauche. Les couleurs communiquaient son identité et ses intentions. Le grand fauconnier du roi saurait les décrypter.

— La situation serait moins stressante pour tout le monde si tu m'avais permis d'annoncer ton retour, fit valoir Ildris.

— Qui t'aurait cru ?

— Ne cherches-tu pas plutôt à faire sensation ?

Il marquait un point.

— J'ai longtemps attendu ce jour. L'élément de surprise joue en ma faveur, se justifia-t-elle. L'instant où on me reconnaîtra me dira qui sont mes alliés et qui sont mes ennemis. Car j'aurai des ennemis, c'est certain. Espérons que mon frère n'en fasse pas partie.

Casimir avait grandi sous la coupe de leur père cruel. Qui sait quel genre d'homme il était devenu ?

Les rubans attachés, elle relâcha le faucon.

— Quel souvenir gardes-tu de lui ? s'enquit Ildris.

— Mon père me terrifiait et ma mère nous négligeait. Mais Cas… Il faisait de son mieux pour me protéger. Il a pris de nombreux coups à ma place.

Elle secoua la tête.

— Mon plus grand regret est de ne pas avoir pu lui dire que j'étais vivante. J'appréhende sa réaction.

— Dis-lui qu'en dépit de notre plan initial, après le refus de ton père de négocier, tu étais en sécurité avec nous, répondit Ildris. Dis-lui que nous t'avons aimée et adoptée. Nous ne te forçons pas à rentrer. Tu aurais pu rester avec nous pour toujours. Cette fois, nous aurions négocié sans t'impliquer.

— Je sais.

Elle en était infiniment reconnaissante au Conseil des clans du Nord.

— Mais je veux être là pour mon frère et sa famille, ajouta-t-elle. Je veux que Byzenmaach aille de l'avant et je tiens à servir mon pays. Tu savais que je rentrerais un jour, n'est-ce pas ? Tes parents m'ont recueillie et élevée dans cette optique.

— C'est ce que tu crois ? maugréa-t-il. Mes parents t'ont recueillie car ils n'ont jamais approuvé l'idée de prendre une enfant en otage. Nous t'avons formée à la politique pour que plus personne ne profite jamais de toi. N'ai-je pas de bonnes raisons d'être réticent à te rendre aux personnes qui n'ont pas hésité à te sacrifier ?

— Mon frère n'est pas comme cela, objecta-t-elle.

— Je l'espère ou nous sommes dans de beaux draps. Comment peux-tu avoir assez confiance pour imaginer être accueillie à bras ouverts plutôt qu'avec méfiance ? Cela me dépasse.

Elle remonta en selle avec un grand sourire.

— Oh ! allez ! Je sais que tu adores flirter avec le danger.

— Flirter. Pas foncer tête baissée dedans.

— Tout ira bien, assura-t-elle. Cas a fait un premier pas vers les clans du Nord. Quelle meilleure preuve de vos bonnes dispositions qu'en rendant à Byzenmaach son joyau le plus précieux… Moi !

Quoi qui l'attende, elle rentrait à la maison, résolue à faire le meilleur usage possible du pouvoir que lui conférait son identité.

— Je suis prête, Ildris. C'est le début d'un nouveau chapitre pour moi.

Elle suivit le faucon des yeux dans le ciel, les rubans ondulant dans son sillage. Tomas en était-il le maître ? Si oui, elle espérait qu'il ne l'ait pas oubliée. Que lui, entre tous, n'ait jamais cessé de croire à son retour. Elle gardait de si précieux souvenirs de lui ! Son visage éclairé par les flammes. Sa voix juvénile lorsqu'il lisait en butant sur les mots compliqués. Ses cachettes secrètes. Ses sourires quand il était sûr que personne ne les regardait. Elle, en tout cas, n'avait jamais oublié ce garçon sensible et intelligent. Comment aurait-elle pu effacer de sa mémoire son tout premier ami ?

Une éternité parut s'écouler avant que les cavaliers n'atteignent les remparts extérieurs. En réalité, ils n'avaient pas dû mettre plus de quelques heures. Tous deux étaient descendus de cheval et avaient confié leurs armes aux gardes. Fusils, dagues, cimeterres... Jusqu'aux épingles retenant les cheveux de la visiteuse. Une longue natte brune avait dégringolé dans son dos. Elle et son compagnon avaient tourné sur eux-mêmes, bras tendus de part et d'autre de leur corps, pour indiquer qu'ils se présentaient désarmés.

La nature cérémonielle de leur approche avait déclenché un branle-bas de combat. Cas était arrivé en hélicoptère. Sophia avait été mise à l'abri au cœur de la forteresse. Toute la garde royale était sur le pied de guerre. Les mystérieux voyageurs s'avançaient à présent vers la porte des écuries.

— Faites-les entrer, ordonna Casimir. Que personne ne chevauche à leur rencontre.

Tomas était à cran. Une douleur sourde battait derrière ses yeux. À quoi jouaient-ils ? Quel intérêt de respecter scrupuleusement un protocole obsolète alors qu'ils disposaient de toute la technologie moderne pour identifier leurs visiteurs sans les laisser entrer ? À croire que tout le monde marchait sur la tête !

Les écuries, elles, n'avaient pas changé : vingt stalles capables d'accueillir trois ou quatre chevaux chacune s'alignaient de chaque côté d'un large carré central. Le carré était parsemé de sciure, entretenue avec soin par les palefreniers. Quant aux massives portes en bois, elles étaient assez solides pour repousser n'importe quel envahisseur.

Tomas se tenait au centre du carré avec Ana et Cas. Le maître d'écurie, les palefreniers et les gardes prirent position comme Cas enjoignait d'ouvrir la porte extérieure aux visiteurs. Le cavalier apparut en premier, guidant son cheval par la longe. Sans hésiter, il s'avança vers Casimir.

— Votre Majesté, salua-t-il avec une courte révérence. Il y avait longtemps.

— Soyez le bienvenu, Seigneur Ildris.

Cas connaissait donc l'homme de vue, contrairement à Tomas.

— Qui est votre compagne ?

— La négociatrice que vous avez requise. Elle parle au nom des peuples du Nord, ainsi qu'en son nom propre. Un avenir contre un avenir, Votre Majesté. Et un gage de notre bonne foi.

La femme entra à son tour, leste et gracieuse, son cheval et ses chiens sur les talons. Tomas la reconnut avant même qu'elle lève la tête. Ses yeux étaient ceux de Casimir et de Sophia. Les yeux de la famille royale de Byzenmaach.

— Bonjour, Cas, dit-elle avec douceur.

Son regard glissa sur Ana pour se poser sur lui.

— Tomas. Tu es fauconnier ici, à présent ?

Tomas avait perdu la voix. L'air lui manquait. Ana répondit à sa place :

— Oui, c'est exact.

— Je m'en doutais.

Elle sourit comme à une plaisanterie connue d'eux seuls. Tomas ne lui rendit pas son sourire, trop occupé à combattre le torrent d'émotions qui menaçait de l'engloutir. Stupeur. Incrédulité. Colère. Soulagement. Où était-elle passée ces vingt dernières années ?

Ana souffla quelques mots en russe à Cas, qui s'élança vers sa sœur et la serra longuement dans ses bras. La force de son étreinte en disait long sur le drame qu'avait été sa perte et sa joie de la retrouver vivante.

— Vous aviez raison, murmura Ana.

C'en était trop pour Tomas, rattrapé par toute la tension accumulée les heures précédentes. Peut-être était-ce son devoir de rester. Mais s'il devait craquer, il préférait que ce soit en privé.

Sans un mot, il tourna les talons et s'en alla.

De retour chez lui, il fila sous la douche. L'eau provenait d'une rivière souterraine, chauffée par une chaudière avant d'être propulsée dans les tuyaux. Elle jaillissait du pommeau, brûlante ou glacée, selon sa préférence. Un réconfort ou une punition. Tomas choisit la seconde option. Debout sous le jet, il comptait sur l'eau glaciale pour dissiper son état de choc.

Claudia de Byzenmaach était morte. Il l'avait pleurée. Le pays entier l'avait pleurée. Son absence avait marqué leurs vies à tous. Cette femme surgie de nulle part, si altière et sereine… Avait-elle la moindre idée du chagrin qu'elle avait laissé derrière elle ? Où était-elle toutes ces années ? Quelles atrocités avait-elle endurées ? Elle l'avait reconnu. Elle s'était souvenue de son nom et adressée à lui comme à un vieil ami. Elle l'avait regardé, sublime, *vivante*, en le suppliant des yeux de la reconnaître aussi.

D'où venait ce violent déferlement en lui ? Confusion. Ressentiment. Fureur. Cela ne lui ressemblait pas. Il restait toujours maître de lui-même. Jamais il ne se laissait dominer par ses émotions.

Ressaisis-toi, mon vieux.

Il était un simple fauconnier. Ni plus ni moins. Il ne renouerait pas son amitié avec Claudia, ni ne chercherait à la protéger. En aucun cas il ne la voyait comme une femme incroyablement désirable capable d'embraser son corps d'un seul regard. Il ne voulait rien avoir à faire avec elle. Rien du tout !

Enfant, il s'était laissé aspirer dans l'orbite de la princesse de Byzenmaach. On ne l'y reprendrait plus.

2

Claudia ne dormait pas. La journée avait été riche en émotions. L'adrénaline du voyage. L'accueil chaleureux de son frère et sa famille. Le déluge de vieux souvenirs bousculant ceux qu'elle s'était faits depuis. Et toutes ces choses qui avaient changé... Mais si elle n'arrivait pas à fermer l'œil, c'était surtout à cause d'un certain fauconnier dont les traits volontaires, les yeux bruns et les lèvres sculptées révélaient une sensualité virile derrière la façade austère.

Tomas était présent avec Cas et Ana lorsqu'elle était entrée dans l'écurie. Il l'avait aussitôt reconnue. Elle l'avait lu dans ses yeux.

— L'homme parti en premier n'est pas ton ami, l'avait mise en garde Ildris.

Peut-être était-ce ces mots qui la tenaient éveillée. Claudia n'était pas d'accord. Elle se leva et s'approcha de la fenêtre. Une lumière brillait à la fenêtre du bâtiment abritant les volières. Elle avait souvent imaginé son retour. Chaque fois, Tomas était là pour l'accueillir. Il la reconnaissait au premier coup d'œil et explosait de joie de la retrouver vivante.

Tomas l'avait bien reconnue, mais... La suite n'avait pas tenu ses promesses. Cette lumière à sa fenêtre semblait l'appeler. Et puisqu'elle ne parvenait pas à dormir...

Claudia enfila son manteau et quitta sa chambre. Sur un signe de tête aux deux gardes postés devant sa porte, elle longea le couloir, puis se dirigea vers les cuisines. De là, elle sortit dans le jardin potager, qu'elle traversa pour disparaître dans l'ombre des remparts. Sans doute était-elle surveillée. Mais tant pis. Elle ne songeait qu'à Tomas. L'image du garçon d'autrefois se superposait à celle de l'homme qu'il était devenu. Pouvait-elle arranger les choses entre eux ? Comme leur amitié d'enfance s'était épanouie dans l'ombre, c'était dans l'ombre qu'elle espérait la faire renaître.

Elle frappa à la porte pleine de bonnes intentions, une dizaine d'explications sur les lèvres. Mais lorsque Tomas ouvrit et fit demi-tour dans le couloir sans un mot, la parole déserta Claudia. Il était si… taciturne. Une présence ombrageuse qui mettait ses sens en émoi. Malgré son silence peu engageant, elle le suivit à l'intérieur, jusqu'à l'ancienne nursery devenue un bureau. Quelques perchoirs étaient toujours là. Mais aucun oiseau en vue.

Tomas s'installa à son bureau. Sur son invitation muette, Claudia s'assit en face de lui. Elle avait le sentiment qu'il pourrait la fixer toute la nuit sans décrocher un mot.

— Salut, murmura-t-elle.

Si elle espérait briser la glace, c'était raté. Nouvel essai.

— J'imagine que tu dois avoir beaucoup de questions…

— Non.

Oh.

— Je suis prête à te répondre, persévéra-t-elle. Une rétrospective en détail nous prendrait des jours. Mais je peux au moins couvrir les grandes lignes.

Un éclair de curiosité traversa ses yeux bruns. Claudia devinait un conflit intérieur. Il finit par hocher la tête.

— Va pour les grandes lignes.

Pas très encourageant, mais c'était un début.

— Les clans du Nord m'ont kidnappée au palais afin de contraindre mon père à signer une concession d'eau, commença-t-elle. Quand leur plan a échoué, ils ont voulu me rendre, mais…

— Mais quoi ? fit Tomas. Qu'est-ce qui les en empêchait ?

— J'étais présente quand mon père a refusé de me reprendre. J'étais « souillée » selon lui. Autant faire de moi une martyre. Si je revenais, il me tuerait de ses mains et les accuserait du meurtre. Qu'en penses-tu ? Est-ce une assez bonne raison ?

Le pli sur son front se creusa.

— J'étais devenue un problème pour mes ravisseurs, continua-t-elle. Hormis le fait de m'avoir enlevée, ils m'avaient toujours bien traitée. Qu'allaient-ils faire de moi ?

— Je t'écoute.

Ce Tomas-là lui plaisait. Il avait pris une belle autorité avec l'âge.

— Un clan en désaccord avec l'enlèvement a présenté une pétition au Conseil pour que je sois déclarée abandonnée et proposée à l'adoption. Le Conseil a accepté. La famille qui m'a élevée a fait de moi une femme forte et épanouie. Ni elle ni personne ne m'a jamais fait le moindre mal.

Cas avait dû être rassuré à plusieurs reprises sur ce point. Peut-être Tomas en avait-il besoin aussi.

— Mon père est mort. Cas accepte enfin de négocier avec les clans du Nord. Alors me voilà. Je sais que ce ne sera pas simple de retrouver ma place. Mais quel bonheur d'être de retour !

— Ton frère doit être fou de joie.

— Je l'espère, dit Claudia. Et toi ? J'ai du mal à savoir. Ildris dit que tu n'es pas mon ami. Je ne partage pas son avis.

— Cet… *Ildris* est-il un kidnappeur d'enfants ? Ou appartient-il au clan d'opportunistes qui t'a mis le grappin dessus ? Quoi qu'il en soit, je me fiche de ce qu'il pense.

— Rappelle-moi de ne jamais vous asseoir l'un à côté de l'autre à table…

Sa boutade lui valut un rictus narquois.

— Aucun risque.

La courtoisie n'était pas son fort. Il était plus gentil, enfant. Peut-être renouerait-elle mieux le dialogue si elle cessait de scruter ses traits à la recherche du garçon d'autrefois. À sa décharge, il l'étudiait avec la même attention soutenue.

— Et toi ? Quoi de neuf dans ta vie ? J'ai appris la mort de ton père dans les journaux. Et aussi que tu lui avais succédé et faisais de l'excellent travail.

Je ne t'ai jamais oublié, se garda-t-elle d'ajouter. *J'ai dû me retenir de me jeter à ton cou en te voyant.*

— Je savais que tu deviendrais fauconnier, reprit-elle avec légèreté. Mais je t'imaginais plus loquace et amical. Est-ce de la timidité ?

— Je ne suis pas timide.

— Réservé, alors. Cela me va. Je n'ai pas oublié ta gentillesse d'autrefois, Tomas. J'aimerais que nous redevenions amis.

Un pas après l'autre. Surtout, ne pas brûler les étapes.

— Non merci.

D'instinct, elle se pencha et posa sa main sur la sienne. Une décharge électrique fusa dans ses veines. Tomas se dégagea vivement en la fusillant du regard.

— Tu l'as senti aussi ? demanda-t-elle.

— Je ne vois pas de quoi tu parles.

— Recommençons à zéro, d'accord ?

Elle lui tendit la main.

— Bonsoir, je suis Claudia.

— Non.

— Non à quoi ? Une simple poignée de main ?

— Il n'y a rien de simple. Je ne suis plus le garçon que tu as connu.

D'accord, une nouvelle approche s'imposait.

— Sache que je ne renonce pas facilement, déclara-t-elle. J'ai tellement l'habitude qu'on me rejette… Une fois. Deux fois. Cent fois. Ma persévérance est ma plus grande qualité.

— Cela me va, riposta-t-il, retournant ses mots contre elle. Persévère tant que tu veux, je serai intraitable. Si tu as besoin de quelqu'un pour conduire un troupeau de bœufs dans la montagne, je suis ton homme. Tu peux compter sur moi pour toute mission à caractère officiel ou professionnel. Mais je déteste les surprises et les émotions confuses, ce qui semble être ta spécialité. Ne te méprends pas, je me réjouis de ton retour. Dieu sait que je n'ai jamais souhaité ta mort. C'est un soulagement que tu n'aies pas été maltraitée. Mais je n'ai ni le temps ni l'envie de renouer des amitiés d'enfance ou de ressasser de vieux souvenirs. J'espère que tu comprends ma position.

— Non, je ne comprends pas.

— Cela viendra. Maintenant, si tu le permets… Il est 3 heures du matin et j'ai un faucon malade à soigner.

Il se leva, affichant un masque de dureté.

— Je ne te raccompagne pas.

Ainsi congédiée, Claudia devait se rendre à l'évidence : Ildris avait vu juste.

Le grand fauconnier du roi se révélait plus insaisissable qu'un courant d'air. En trois mois, elle l'avait à peine croisé à une poignée de reprises. Chaque fois, il ne lui avait témoigné qu'une froide politesse, insensible à ses tentatives de rapprochement. Ce qui ne l'empêchait pas de revenir à la forteresse d'hiver dès que Cas lui en donnait l'occasion. Elle aimait ses montagnes, son atmosphère sauvage et cette rudesse dans l'air, même par temps ensoleillé. Cette fois, elle venait munie d'une lettre du roi frappée de son sceau.

Adressée à Tomas.

L'intérêt de Claudia pour la fauconnerie sous tous ses aspects était réel. Ce n'était pas qu'un prétexte. Peut-être n'avait-elle pas l'expérience des apprentis de Tomas. Mais elle s'y connaissait assez pour poser des questions pertinentes et aider à prendre soin des oiseaux en captivité. Le problème était que personne n'avait le droit d'en approcher sans la permission expresse du grand fauconnier. Claudia avait bien essayé de lui demander gentiment. Dommage, elle tombait mal, il était en route pour aller chercher un nouveau faucon. Elle avait alors requis par écrit l'autorisation d'accéder aux volières, sans recevoir aucune réponse.

Cette fois serait la bonne.

La lettre qu'elle tenait était la même requête, mais de la main de Cas en personne. Tomas avait un tempérament rebelle. Il prétendrait ne pas l'avoir reçue si elle ne la lui remettait pas elle-même. C'est donc exactement ce qu'elle allait faire. Elle l'avait prévenu qu'elle était persévérante.

Elle le trouva dans une pièce encombrée, dont un mur entier disparaissait derrière des casiers de rangement. Des ordinateurs occupaient la plupart des surfaces planes. Tomas était assis à un bureau dans un coin, un téléphone vissé à l'oreille. Sa mine s'assombrit en la voyant. Il ne lui désigna pas de siège. Claudia posa la lettre au centre de son bureau, avec son nom bien en évidence, consciente de son regard qui suivait ses moindres gestes.

Elle avait passé un temps absurde à se coiffer et se maquiller, ce matin. Sans parler de ses différents essayages de tenues. Il se pourrait qu'elle ait développé un certain béguin pour le grand fauconnier... Pour ne pas dire qu'elle était obsédée par lui comme une gamine de treize ans travaillée par ses hormones. *Pathétique.*

Elle lui tourna le dos et entreprit de fureter dans la pièce. En toute discrétion, bien sûr. Les photos de chaque oiseau royal ornaient un mur, avec leurs noms imprimés en dessous. Elle les apprit par cœur, puis mémorisa le tableau de service hebdomadaire listant les noms et tâches de chaque apprenti, tout en gardant une oreille sur la conversation téléphonique en cours.

— Je n'ai plus de place, répétait Tomas. Nous avons atteint notre capacité maximale. Je sais. Laissez-moi faire. Je vous rappelle.

Suivirent deux brefs coups de téléphone, l'un en France, l'autre en Lettonie, avant qu'il rappelle comme promis son premier interlocuteur, à qui il transmit les coordonnées du refuge qu'il venait de convaincre d'accueillir son couple d'autours, des palombes en voie d'extinction. L'appel terminé, il raccrocha et la fixa en silence.

— Bonjour, lança-t-elle à présent qu'elle avait toute son attention.

Il avait toute la sienne aussi.

— Bravo pour le transfert des autours.

Elle aimait la saine masculinité qu'il exsudait dans sa tenue de travail, qui incluait de larges bandes de cuir enroulées autour de ses avant-bras musclés. Des papillons voletèrent dans son ventre.

Les fauconniers avaient un avantage déloyal : ils étaient sexy sans aucun effort ! Mais elle n'était pas venue pour fantasmer sur lui. Il s'agissait d'un entretien professionnel. Enfin… pour l'essentiel. À voir comment les choses se passeraient.

Il indiqua l'enveloppe.

— Qu'est-ce que c'est ?

— Une nouvelle demande d'accès aux volières royales, répondit Claudia. J'y ai joint mon CV. Tu verras que, ayant débuté à sept ans, j'ai acquis une solide expérience.

Tomas darda sur elle un regard noir. Il brisa le sceau de l'enveloppe et parcourut rapidement la lettre de Cas, avant de se pencher de près sur son CV. De *très* près. Son intérêt la flattait.

— Il est dit ici que tu es fauconnière.

Claudia confirma d'un grand sourire.

— Où sont tes oiseaux ?

— Restés dans les montagnes. Je les ramènerais volontiers. Mais il semble qu'il n'y ait plus de place ici. Que dirais-tu d'en discuter ? Nous pourrions peut-être trouver une solution.

— Toute personne souhaitant accéder aux volières doit passer par une étape d'intégration.

— Naturellement.

Elle n'en attendait pas moins.

— C'est pour cela que je suis là. Quand commençons-nous ?

Une ruse. Elle se servait de son statut pour lui forcer la main. Tomas ne savait s'il devait s'en irriter ou être impressionné. Elle avait le don de lui inspirer des émotions contradictoires chaque fois qu'il pensait à elle. Ce qui arrivait souvent. Entre l'intense couverture médiatique et les commérages circulant dans la forteresse, impossible de ne pas être au courant de ses propositions politiques, de son influence grandissante sur son frère, jusqu'aux robes et bijoux qu'elle portait. La princesse de Byzenmaach parasitait ses pensées sans même avoir besoin d'être là.

— Je ne reste que deux jours. J'aimerais vraiment démarrer mon intégration au plus vite, dit-elle.

Tomas considéra l'idée. L'intégrer lui-même lui donnerait l'occasion de se faire sa propre opinion sur la personne qu'elle était devenue, au lieu de se fier aux rumeurs qu'elle semblait soulever rien qu'en respirant. Il pourrait arrêter de regarder ses interviews à la télévision, qui ne réussissaient qu'à l'embrouiller davantage. Elle avait du cran, il devait le reconnaître. Mais à quoi diable jouait-elle, à prendre position sur les sujets politiques les plus sensibles ? Ces sujets étaient sensibles pour une raison !

— Commençons maintenant, proposa-t-il.

— Vraiment ?

Si elle souriait avec l'air d'avoir touché le jackpot…

— Oui.

Elle sourit triomphalement. Il se renfrogna aussitôt. Histoire de rétablir l'équilibre. Mais ses qualifications méritaient le respect, aussi lui offrit-il une visite complète d'ordinaire réservée aux collègues VIP. Claudia s'y connaissait, se montrait enthousiaste et ne tarissait pas d'éloges. Elle s'extasia devant ses couples d'espèces rares et assura à un perroquet sans plumes qu'il était son nouveau chouchou. Dans la volière des faucons pèlerins, lorsqu'il lui tendit des gants et un seau de graines, elle se révéla parfaitement capable de nourrir les oiseaux à la main sans provoquer d'agitation.

Durant toute l'intégration, elle avait gardé ses distances, assez pour le mettre à l'aise. Jusqu'à ce qu'ils contournent l'enclos trois et qu'elle glisse sur une marche. Il la retint par le bras. Ces marches en pierre lisse pouvaient être dangereuses, surtout à l'ombre en fin d'après-midi.

— Désolée, bredouilla-t-elle.

Son cœur cognait dans sa poitrine. Parce qu'elle aurait pu se blesser, raisonna-t-il. Rien à voir avec le fait de la toucher ou d'être attiré par elle.

— Donne-moi ta pointure. Je te commanderai des bottes à semelles en caoutchouc comme les miennes.

— Tu ferais cela pour moi ?

— Je le ferais pour n'importe qui travaillant aux volières, clarifia-t-il. Si tu dois y accéder sans supervision, autant que tu sois équipée.

— Dois-je comprendre que tu acceptes ma demande ?

— Oui.

Son visage s'illumina. Exactement comme quand il la félicitait, enfant, lorsqu'elle avait réussi quelque chose. Il ne bomba pas le torse, mais mit plus longtemps que nécessaire à lâcher son bras et rompre le contact physique. *Imbécile.* S'il donnait une chance à Claudia, c'était pour comprendre qui elle était devenue. Pas pour tomber sous son charme.

Lorsqu'ils regagnèrent son bureau, le soleil avait sombré derrière les montagnes. Tandis qu'il consultait le planning sur son bureau, Claudia s'attardait, avide de tout savoir.

— Tu as beaucoup agrandi. C'est formidable ! Imagine ce que tu pourrais faire avec plus de ressources…

Si seulement. Que faisait-elle encore là ? Ils s'étaient dit au revoir cinq minutes plus tôt.

— Aimerais-tu augmenter le budget ? s'enquit-elle finement.

— Ton frère et moi en avons déjà discuté.

Suite à leurs récentes victoires à diverses courses, Tomas espérait une révision à la hausse du budget alloué à la fauconnerie. Sans succès jusque-là. Mais Cas était très occupé, ne serait-ce qu'à contenir sa sœur revenue d'entre les morts.

— Ma proposition finira par passer…

Il voulait y croire.

— Ton frère veut bien faire.

— Est-ce censé être un compliment ? railla Claudia.

— C'en est un. Le règne de ton père a laissé des séquelles. Les gens se méfient, c'est normal. Cas doit encore faire ses preuves. Ne crois pas que je ne vois pas clair dans ton jeu, ajouta-t-il. Faire de *tes* opinions la cible de l'opposition politique, alors que quiconque avec un peu de jugeote sait que ton frère les partage. Très malin, cette diversion.

— Attention, Tomas. Je commence à croire que tu t'intéresses à la politique.

— Aucun risque. Tous les politiciens sont des lâches. Je les méprise cordialement.

— Et mon frère qui vante ton sens de la diplomatie...

— Je sers la Couronne comme je l'ai toujours fait.

Claudia s'esclaffa.

— J'espère que non. De mémoire, toi mais aussi ton père et tout le personnel étiez maîtres dans l'art de désobéir subtilement au roi.

Tomas s'abstint de tout commentaire. Inutile d'incriminer qui que ce soit, y compris lui-même.

— Que penses-tu du traité sur l'accès à l'eau ? demanda-t-elle. C'est prometteur, n'est-ce pas ? Il était plus que temps de régler ce conflit.

Encore à essayer de prolonger la conversation.

— Comme tu l'as dit, les temps changent.

Il la regarda s'approcher du trombinoscope des oiseaux royaux sur le mur. Elle l'avait déjà longuement examiné à son arrivée. Tomas exigeait de ses nouveaux apprentis qu'ils le mémorisent en une semaine. Son petit doigt lui soufflait que Claudia mettrait moins longtemps.

— Tu penses toujours qu'on ne peut pas être amis ? murmura-t-elle.

— Tu es une princesse. Je suis un serviteur.

— Pfft ! Cette distinction n'a jamais existé entre nous.

— Bien sûr que si.

— Pas en privé.

Mais ils n'étaient que des enfants, alors. Quand était-elle devenue aussi belle ? Quand étaient apparues ces courbes voluptueuses ? Il ne voulait pas être son ami, cela n'avait pas changé. Il voulait... plus que cela. Une relation entre deux adultes consentants. Depuis quand ? Leur visite des volières ? Était-ce la faute du perroquet sans plumes ? Il avait vraiment besoin d'un coupable pour ce manque de jugement déplorable. Temps de revenir au sujet initial.

— Dis-moi combien d'oiseaux tu possèdes et je m'arrangerai

pour leur trouver de la place. Ils doivent arriver en bonne santé, alors pense à les faire examiner par un vétérinaire, insista-t-il. Je vais t'envoyer le questionnaire à remplir pour chaque oiseau. Si tu ne peux pas les emmener au palais quand tu vas jouer les boucs émissaires pour ton frère... Ce que je désapprouve, soit dit en passant. Cas ne te rend pas service en te donnant le mauvais rôle. Mais en ton absence, je suis prêt à m'en occuper. Je te donnerai même des nouvelles, tant que tu ne me demandes pas de t'envoyer des vidéos où ils dansent sur de la musique country avec des chapeaux de cow-boy. Ne compte pas sur moi pour cela. Est-ce suffisant comme offre d'amitié ?

— Présenté comme cela...

Elle lui tendit sa main. Le pouls de Tomas s'emballa à nouveau. *Maudite soit-elle.*

— Marché conclu.

Claudia passa la soirée sur un nuage, ses lévriers couchés à ses pieds dans la grande cuisine de Lor.

Le retour à Byzenmaach se révélait plus éprouvant que prévu. Elle était arrivée le cœur chargé d'espoir, mais partagée entre son désir d'être acceptée et sa peur de n'être utile à personne. Ni aux clans du Nord qui attendaient beaucoup de sa tendance à ruer dans les brancards. Ni à son frère dont le règne se trouvait compliqué par son retour. Elle devait impérativement se montrer à la hauteur dans les deux rôles. Apparaître forte et sûre d'elle. Se rendre indispensable sur le plan politique. Elle serait le faire-valoir de son frère, quitte à endosser des positions extrêmes pour lui permettre de répondre par des politiques en apparence plus modérées ouvrant la voie au progrès. C'était son plan. Son unique plan.

Mais Tomas avait critiqué ses actions. Elle-même avait sous-estimé ce qu'il lui en coûterait d'affronter l'hostilité ouverte de la poignée de dignitaires restés fidèles à son père. Des hommes puissants, cruels, dont le pouvoir s'appuyait sur des années d'alliances et d'intrigues. Le palais était un nid de serpents, gangrené par la corruption. Claudia ne pouvait trahir aucune faiblesse. Elle faisait bonne figure, mais à quel prix ? Dans ces circonstances, l'amitié de Tomas était un don du ciel.

Son téléphone sonna. Le nom de son frère s'afficha sur l'écran.

— Cas, contente de t'entendre.

— Comment cela s'est passé avec Tomas ?

— Je l'ai ébloui par mon calme, ma maturité et ma parfaite maîtrise du nourrissage de faucons, répondit-elle. Du moins est-ce ma version. Blague à part, il y a du progrès. Il se pourrait même que nous ayons ressuscité une amitié précieuse.

— J'ignorais que Tomas et toi étiez si proches, enfants, observa Cas.

— Il était mon refuge.

— Tu ne me l'as jamais dit...

— Personne ne devait savoir, précisa-t-elle.

— Et aujourd'hui, qu'est-il pour toi ?

— Bonne question.

Son preux chevalier ? Sans doute pas. Son fantasme ultime ? Indéniablement.

— Il est si difficile à cerner. Toujours dans le contrôle. Normal pour quelqu'un qui travaille avec des faucons. Mais je ne suis pas un faucon, moi. Ne ris pas, Cas ! C'est vraiment énervant !

Son frère redevint sérieux.

— C'est un homme très secret et un professeur exigeant, notre fauconnier. Il n'est pas très bavard non plus. Il supportait à peine d'être dans la même pièce que Sophia au début. Parce qu'elle te ressemble trop, sans doute. Sophia, elle, l'adore et ne le quitte pas d'une semelle quand elle va à la forteresse. Tu verrais sa patience avec elle ! Cela vaut le détour.

— C'est officiel, je suis jalouse de ma nièce, plaisanta Claudia.

— Tomas a su que c'était toi à la seconde où tu as franchi le col, continua Cas. Il n'osait pas le dire tout haut, de peur de passer pour un illuminé. Mais il savait. Ana te le confirmera, il n'a jamais perdu espoir, même quand tout le monde te disait morte. C'est fou, non ?

Et extrêmement touchant.

— Il gagnerait à assumer plus de responsabilités, remarqua-t-elle. Il pourrait être tellement plus que juste ton fauconnier.

— *Juste* le fauconnier du roi ? N'est-ce pas déjà un honneur ?

— À ce propos, il a besoin de plus de budget. Tu serais prêt à l'augmenter ?

— Peut-être. Mais réponds d'abord à cette question. Qu'attends-tu de lui ?

Claudia réfléchit un instant.

— Je voudrais qu'il se sente plus à l'aise avec moi. J'aimerais... qu'il m'apprécie, confessa-t-elle. J'ai le sentiment qu'il souffre à cause de moi. Parce que j'ai disparu. Parce que je ne lui ai jamais écrit pour lui dire que j'étais vivante. Ou peut-être parce que je suis de retour. J'ignore pourquoi ma présence le dérange. J'aimerais comprendre.

— Tu n'es pas dans sa tête, la sermonna Cas. Ne va pas inventer des choses.

— Peut-être est-il déçu de l'adulte que je suis devenue, persista Claudia. Il ne veut pas perdre son temps avec moi.

C'était sa plus grande peur, nourrie par une vie entière à devoir justifier son existence.

— Non, Claudia. Tu es une survivante, affirma Cas avec force. Une femme brillante, sincère et à l'écoute. C'est un miracle après tout ce que tu as traversé. N'importe qui d'autre serait devenu cynique ou rancunier. Mais pas toi. Tu es une source d'inspiration. Ne laisse pas Tomas te faire croire le contraire.

— Merci, Cas.

C'était lui, son preux chevalier, tout compte fait.

— J'avais besoin de l'entendre.

— Peut-être prends-tu les choses à l'envers, ajouta-t-il. Et si c'était Tomas qui s'en voulait de ne pas avoir su empêcher ton enlèvement ? La culpabilité pourrait expliquer sa réaction.

— C'est idiot.

— Je parle par expérience. Moi aussi, je culpabilise pour cette raison. Toi et moi avons perdu tant d'années, Claudia !

Le désarroi dans sa voix la toucha et l'incita à revoir sa réponse.

— Si tu as besoin de mon pardon, tu l'as, dit-elle avec douceur. Tu n'étais qu'un enfant, Cas. Tomas aussi. Qu'auriez-vous pu faire ?

— Quelque chose, murmura-t-il. Si Tomas était ton protecteur, il doit s'en vouloir. Et crois-moi, notre fauconnier n'aime pas se rappeler qu'il est capable d'émotions.

— Je n'ai pas dit mon dernier mot, répliqua-t-elle.

— Quelle surprise, ironisa Cas. Je suis de ton côté, Claudia. Ravi de savoir que les choses se sont bien passées aujourd'hui.

— Merci de m'avoir donné à réfléchir, dit-elle. J'y penserai la prochaine fois que je lui tomberai dessus. Cela vaut pour toi aussi, Cas. Compte sur moi pour te guérir de ton idiotie.

Son frère rit au bout du fil.

— Je te fais confiance.

3

Claudia avait décidé de réhabituer Tomas par étapes à sa présence dans sa vie. Elle possédait un excellent manuel de fauconnerie, qu'elle avait déposé sur son bureau avec un mot l'invitant à jeter un œil à la page soixante-trois. Que pensait-il de la méthode présentée pour soigner une pododermatite ? Cela avait donné lieu à un vif échange entre eux au détour de l'enclos trois, sur les mérites ou inconvénients de l'usage de produits chimiques pour nettoyer les perchoirs. Tomas était contre, Claudia défendait l'avis opposé. Ni l'un ni l'autre n'avait eu conscience de monter dans les décibels, avant qu'un apprenti les interrompe, avec l'air de quelqu'un essayant d'attirer leur attention depuis un moment.

— Pourquoi ne pas utiliser un bon vieux savon antiseptique et un système de roulement des perchoirs ? avait-il suggéré.

Un argument qui avait mis tout le monde d'accord. Tomas s'était excusé de son emportement, avant de s'éloigner à grands pas. Depuis, il ne lui adressait plus la parole. Cela durait depuis des semaines !

Aujourd'hui encore, il avait prétexté une urgence hors de la forteresse pour repousser une nouvelle entrevue.

— Il déteste hausser le ton, lui expliqua son plus ancien apprenti. Il s'en veut d'avoir perdu son sang-froid la dernière fois et veut éviter que cela se reproduise.

Claudia ouvrit des yeux ronds.

— Mais il n'a pas perdu son sang-froid. C'était juste un débat animé. Il n'y a pas mort d'homme, ou de faucon en l'occurrence.

— Peu importe. Pour lui, c'est une faute grave.

Seigneur, un vrai bébé ! Tomas Sokolov était aussi puéril qu'il était sexy et magnétique et...

— Puis-je vous aider à quelque chose ? s'enquit l'apprenti.

— Hum, oui. J'aimerais fixer une date pour l'accueil de deux de mes faucons en résidence permanente.

— Vous êtes une princesse royale, Madame. C'est à vous d'en décider.

— Sans doute. Mais je sais que cela impactera le budget. Tomas m'a parlé d'un questionnaire à remplir...

Excuse parfaite pour le revoir.

— Il n'est pas *vraiment* contrarié par notre discussion, n'est-ce pas ?

Elle refusait de parler de dispute. L'apprenti soupira.

— Garder son calme est la règle d'or, ici. C'est primordial quand on s'occupe des oiseaux. Ou quand on doit donner des consignes à des imbéciles de haut rang qui croient tout savoir sur les faucons alors qu'ils n'y connaissent rien.

— Vous parlez de moi.

— Non, Madame. Personne n'a rien à redire sur vos compétences, assura l'apprenti. Mais vous ne connaissez pas Tomas. Les coups de sang et les effusions, ce n'est pas son genre. Il garde tout à l'intérieur. J'ignore si c'est son caractère ou s'il a été élevé ainsi. Tout ce que je sais, c'est que le provoquer ne vous avancera à rien.

— Je vois. Ce n'est donc pas une bonne idée de lui dire que j'ai bien aimé le voir s'enflammer. C'était...

Elle chercha le mot juste.

— Captivant.

L'apprenti ne put cacher son amusement.

— Si vous le dites.

— Mais je ne voudrais pas, comment dire...

— Déchaîner la bête ? proposa-t-il avec une impassibilité forçant le respect.

— Oui, voilà. Ce serait contreproductif.

— Non, foncez au contraire, intervint un autre apprenti qui venait de passer la tête par la porte. Bran, à votre service, Votre Altesse.

— Bonjour, Bran.

Tant d'apprentis prodigues en conseils. *Mais pas de Tomas.*

— Je vous en prie, appelez-moi Claudia.

— Je n'oserais pas, Madame. C'est moi qui suis chargé de la paperasserie, cette semaine. Si vous voulez bien me suivre dans le bureau, je peux vous imprimer le formulaire dont vous avez besoin.

— Merci. Savez-vous quand Tomas doit rentrer ? demanda Claudia.

— Le problème, c'est que dès qu'il vous voit arriver, il disparaît, expliqua obligeamment Bran.

— Dites-lui qu'il n'est qu'une poule mouillée.

Bran éclata de rire. L'autre apprenti secoua la tête.

— Il n'est pas né, celui qui osera traiter notre maître fauconnier de poule mouillée.

4

Tomas se reconnaissait volontiers misanthrope. Il méprisait les grandes villes surpeuplées autant que les palais royaux grouillant d'hypocrites. Les mondanités n'étaient pas pour lui. Il ne supportait pas les imbéciles, ni les conversations sans intérêt. Même ses échanges avec Casimir tendaient à une concision frôlant l'impolitesse.

Dès demain, il rentrerait à la forteresse d'hiver pour voir comment s'acclimataient ses aigles criards. Son projet était d'en accueillir un autre couple. Avant cela, il avait une audience au palais avec le roi, ainsi qu'un banquet dans la soirée. En quel honneur ? Il avait oublié. Ces banquets se ressemblaient tous. Tomas détestait le palais. Trop de gardes qu'il ne connaissait pas. Claudia elle-même n'y avait jamais été en sécurité. Pour couronner le tout, il avait le devoir de se présenter en tenue d'apparat.

Mais d'abord, une douche s'imposait.

Cinq minutes plus tard, il ressortait de la salle de bains, une serviette autour des hanches. Lor entra dans la pièce sans frapper. L'intendante ne s'immisçait jamais dans son intimité sans raison valable. Comme la fois où un aigle royal lui avait entaillé l'épaule lors d'un atterrissage raté. Aujourd'hui, elle portait sur le bras son uniforme vert rehaussé de galons d'or.

— Ton manteau était poussiéreux. Je lui ai donné un coup de frais, dit-elle.

— Merci.

La chemise et le pantalon étaient élégants en soi. Mais la pièce maîtresse était le manteau, d'une somptuosité digne d'un sacre. Il épousait les épaules et le torse, fendu devant et derrière pour permettre de monter à cheval. Son unique détail pratique, car venaient alors les galons d'or, ornant les manchettes jusqu'au coude, serrés par des attaches en cuir. Un rapace pourrait se poser sur son bras sans lui labourer la peau, supposait Tomas. Les ornements dorés ne s'arrêtaient pas là. Ils se déclinaient en épaulettes, formaient un col rigide et lui ceinturaient la taille. L'effet était grandiose, quoiqu'un peu ridicule, de l'avis de Tomas. Mais tel était l'uniforme d'apparat du grand fauconnier du roi.

— Sais-tu de quelle occasion il s'agit ? questionna-t-il.

Lor arborait sa plus belle livrée royale. À son regard, il était clair qu'elle savait quelque chose.

— Je crains que Lor ne soit tenue au secret.

Tomas soupira. Claudia venait d'entrer à son tour. Ses émotions allaient encore faire des leurs.

Il s'inclina comme l'exigeaient leurs statuts respectifs. Suivre le protocole était son ultime défense contre la jeune femme et le tumulte dans lequel le plongeait sa présence. Le protocole et le silence. Quand elle ne l'entraînait pas malgré lui dans une de ses inévitables conversations...

— Salut, lança-t-elle avec un sourire appréciateur. Tu es en retard.

— On m'a amené un hibou avec une aile brisée.

— Et aucun de tes apprentis ne pouvait s'en charger ?

— Non.

— Rien à voir avec une quelconque réticence à aller au palais, n'est-ce pas ?

— Rien du tout.

C'était le problème avec Claudia. Elle le connaissait trop. Comment faisait-elle cela ? Il était une énigme. Un livre fermé. Une forteresse impénétrable. Qui parlait de lui dans son dos ?

— L'hélicoptère décolle dans vingt minutes, rappela-t-elle. Le roi nous attend, toi, Lor, Silas et moi.

— Je serai à l'heure.

Elle portait un manteau de voyage princier de couleur pourpre et ses cheveux tressés formaient une couronne autour de sa tête. Son maquillage était irréprochable. La main de Tomas se crispa sur sa serviette. Se troublerait-elle s'il la laissait tomber ? Elle lui rendrait service en s'enfuyant. Quelle raison avait-elle d'être là ?

— Autre chose ? s'enquit-il.

— Je prends le relais, Lor. On se retrouve à l'hélicoptère.

Lor inclina la tête, pendit le manteau à une patère et s'en alla.

Claudia ne bougea pas.

— Je dois m'habiller, dit-il d'un ton appuyé.

— Ce serait mieux, en effet.

Elle consulta sa montre, dont la valeur dépassait sans doute son salaire annuel.

— Dix-huit minutes.

Sa frustration monta d'un cran.

— Sors, s'il te plaît.

Mais elle se contenta de hausser un sourcil.

— Si tu as besoin d'intimité, change-toi dans la salle de bains. Mon frère m'a chargée de veiller à ce que tu te présentes au palais à l'heure. Je prends mon devoir très au sérieux.

Un petit sourire planait sur ses lèvres. Elle prenait surtout un malin plaisir à le provoquer. Cette femme faisait fi des règles, des traditions et de tout obstacle se dressant sur sa route. L'ignorer elle, et cette électricité latente entre eux, était mission impossible. Mais en avait-il vraiment envie ?

Avec un haussement d'épaules, il laissa tomber sa serviette par terre et s'approcha de la commode en quête de sous-vêtements. Oh ! il prenait son temps, bandant ses biceps, s'étirant l'air de rien. Son mode de vie n'autorisait aucun laisser-aller et son corps le prouvait. Des épaules robustes. Des bras musclés. Un torse et des tablettes de chocolat sculptés, sans une once de graisse. Des cuisses athlétiques, encadrant une virilité dont il avait toutes les raisons d'être fier. Toute pudeur l'avait déserté, aussi absente que le sens des convenances de Claudia, dont il sentait le regard dans son dos. Sur ses fesses.

Il se tourna à demi et nota avec satisfaction la rougeur de ses joues.

— Un problème ? Tu sembles distraite.

— Mmh ?

Avec effort, elle releva la tête. L'ambre de ses yeux brûlait d'un feu qui se répercuta sur ce qu'il avait de plus masculin.

— Distraite, non. Juste admirative. Seize minutes.

Beaucoup de choses pouvaient se passer en seize minutes. Il pourrait combler la distance entre eux. Lui agripper les cheveux pour lui renverser la tête. Ravager ses lèvres parfaites, à l'affût de sa plus infime réaction...

Au lieu de quoi, il enfila un caleçon, puis son pantalon. Le petit soupir de regret derrière lui le fit sourire. Vint ensuite la chemise en lin, qui lui allait comme si elle avait été faite pour lui, et non pour son arrière-grand-père. Les boutons à l'avant ne lui donnèrent aucun mal. Mais ceux des manchettes étaient une autre histoire.

Claudia vint se planter devant lui.

— Laisse-moi faire.

Il lui tendit ses bras, poignets vers le haut tel un suppliant. Elle ferma un à un la douzaine de minuscules boutons de la manchette gauche, puis passa à celle de droite. Ils n'avaient jamais été aussi intimes – pas depuis qu'ils étaient adultes. Leurs séances de lecture, enfants, allongés devant la cheminée chez son père, ne comptaient pas. À l'époque, elle n'était qu'une amie secrète ayant besoin de sa protection, rien de plus.

Les doigts de Claudia étaient chauds contre sa peau. Ses gestes délicats déclenchèrent une réaction en chaîne dans son corps. Elle effleura son poignet lorsqu'elle eut terminé, et il se demanda s'il était normal pour un homme que son pouls s'affole lorsqu'une femme *l'habillait* au lieu de le déshabiller.

— Et maintenant ? Le manteau ou les bottes ?

— Les bottes.

Il s'assit sur le coffre en bois au pied de son lit. Jamais sa chambre ne lui avait paru aussi exiguë.

— Pourquoi es-tu ici ?

— Pour t'aider à te préparer pour ton audience avec le roi. Bizarrement, il craignait qu'une urgence te retienne ailleurs.

Elle commença à s'agenouiller devant lui. Tomas bondit et la releva d'une main sous son coude. Il n'était pas censé la toucher sans permission. Mais c'était le cadet de ses soucis.

— Ne t'agenouille jamais devant moi.

— Il n'y a pas de honte à honorer un homme ainsi.

Elle soutenait son regard sans ciller. Il baissa les yeux le premier.

— Dans l'intimité, peut-être. Pas pour toi et moi.

— Pourquoi pas ? Cela pourrait te plaire.

Sûrement. C'était le problème.

— Tu es la sœur du roi. Je suis le fils de mon père. Nous n'avons pas le droit, asséna-t-il. Nous disputer, flirter… C'est inconvenant.

Il la lâcha et attrapa ses bottes, qu'il enfila l'une après l'autre. Puis il posa le pied sur le bord du coffre et entreprit de nouer les lacets.

— Je ne suis qu'un humble serviteur.

— Un humble serviteur ?

Il leva la tête et surprit le sourire en coin de Claudia.

— La semaine dernière, le faucon que tu as élevé et entraîné a remporté l'une des plus prestigieuses courses au monde, ainsi qu'un prix de cinquante millions de dollars.

En effet.

— C'est le faucon et l'argent de ton frère.

— Mais *ta* victoire, insista-t-elle. Ton visage à ce moment-là était plus fier que celui de n'importe quel roi.

— C'était l'oiseau que tu étais censée regarder…

— Et manquer de te voir en action ? Je ne suis pas stupide. Quant à mon sang royal qui serait une barrière entre nous, il n'est peut-être pas si royal que cela. Le roi pensait que ma mère l'avait trompé avec son frère et que je n'étais pas de lui. Un vilain petit canard, en quelque sorte.

Tomas ne put dissimuler son choc. Il n'avait jamais eu vent de cette rumeur.

— Qui t'a raconté cela ?

— Cas.

Il refusait d'y croire. Pourtant...

— Cela explique beaucoup de choses, pas vrai ? poursuivit Claudia. Ma mère s'est suicidée, elle n'est plus là pour répondre. Cas pense que son père, le roi Leonidas, a commis un fratricide. Tous ont emporté leurs secrets dans la tombe. Mais Cas se fiche de qui est mon vrai père, tant que je le soutiens comme sa sœur, joue les médiatrices avec les clans du Nord et tiens ma langue.

— Alors pourquoi me l'avoir dit ?

— Parce qu'avant d'aller au palais, je voulais que tu saches qu'aucun titre ou lien de sang ne dicte ma conduite. Nous aurions pu redevenir amis depuis des mois. Tu sais bien que ta compagnie me manque.

— Je ne vois pas pourquoi, grommela Tomas.

— Parce que j'aime la personne que tu es. Et aussi... à cause de ce qui se passe chaque fois que nous nous touchons.

— Il ne se passe rien.

— Parle pour toi. Moi, j'ai des frissons.

— Pas moi. Il ne se passe rien, répéta-t-il.

— Imagine ce que cela donnerait, toi et moi au lit... Et ne me dis pas qu'il ne se passerait rien ou je t'étripe !

Tomas sourit. C'était plus fort que lui.

— Bon, tu vas m'aguicher comme cela encore longtemps ou finir de t'habiller ?

Elle décrocha son manteau de la patère et le lui tendit avec impatience.

— Aujourd'hui, Cas m'octroie un nouveau titre et une résidence royale. Je ne sais pas si je dois m'en réjouir ou non. Lor et Silas seront récompensés pour leurs services. Et toi, tu recevras les honneurs pour avoir remporté la course, au cas où tu ne t'en douterais pas... Treize minutes. Active-toi.

Tomas obéit et enfila le manteau de cérémonie. Il resta rigide comme une statue tandis que Claudia ajustait les épaulettes et lissait les plis dans son dos.

— C'est très près du corps, non ? remarqua-t-elle.

— Ce sera pire une fois boutonné. J'attends toujours le dernier moment.

— Et les attaches sur les manches ?

— Cela, d'accord.

Il se retourna, enveloppé par son parfum velouté. Comme si l'entendre parler de frissons et de coucher ensemble ne l'avait pas déjà assez désarçonné. Il reprit le fil de leur conversation interrompue.

— Est-ce pour cela que Leonidas a refusé que tu reviennes après ton kidnapping ? Parce que tu n'étais pas de lui ?

— Sans doute, répondit-elle en s'attaquant à la première attache. Ils auraient mieux fait d'enlever Cas, pas la fille cadette sûrement bâtarde. Pas étonnant que le roi ait réagi comme il l'a fait.

— Tes ravisseurs t'ont pourtant laissée en vie.

— La plupart de mes détracteurs pensent que je souffre du syndrome de Stockholm. Mais ils n'étaient pas méchants, réfuta-t-elle. Malavisés, oui. Et naïfs de croire qu'ils pourraient simplement me rendre et participer aux discussions. Leonidas aurait été capable de faire assassiner leur délégation entière à peine assise à la table des négociations, tu ne crois pas ?

— Maintenant, si.

— Mes ravisseurs n'étaient pas des tueurs d'enfant, continua Claudia. Au contraire, ils étaient gentils avec moi. Ils me rappelaient un peu toi et ton père.

Tomas se vexa.

— Est-ce censé être un compliment ?

— Pas pour toi, visiblement.

Il garda le silence.

— J'avais mon propre poney, un lévrier et un faucon, ainsi que des parents adoptifs qui me traitaient mieux que mes vrais parents ne l'avaient jamais fait. J'étais entourée d'autres enfants.

Notre mode de vie nomade faisait de chaque jour une nouvelle aventure. Je les ai suppliés de me garder en leur promettant de leur être utile un jour.

Tomas restait hostile envers ses ravisseurs. Cela ne changerait pas. Il haïssait le seigneur Ildris et ne s'en cachait pas.

— Ils t'ont arrachée à tout ce que tu connaissais dans un acte de pure malveillance, uniquement pour servir leurs propres intérêts.

Jamais il ne le leur pardonnerait.

Claudia avait terminé avec la première manche. Il leva l'autre bras.

— As-tu pensé une seule fois à ceux que tu avais laissés derrière toi ? Ceux qui ont pleuré ta mort et culpabilisé toutes ces années de ne pas avoir su te protéger ?

À peine les mots avaient-ils franchi ses lèvres qu'il sut qu'il en avait trop dit. Il aurait aussi bien pu crier, *Et moi, alors ?* Les doigts de Claudia se figèrent, tremblants, avant de reprendre leur geste en serrant l'attache trop fort.

— Doucement, marmonna-t-il.

— Désolée.

Elle la desserra et fixa la boucle à la bonne encoche.

— C'est à moi de m'excuser, se reprit-il, honteux. Ce que tu as dû faire pour survivre et t'adapter ne me regarde pas. C'est un soulagement que tes ravisseurs t'aient bien traitée. Mais je réserve mon jugement les concernant.

Claudia baissa les yeux.

— Cas me manquait terriblement, au début. Alors je me disais qu'au final il se ferait moins punir si je n'étais pas là, car il n'aurait plus à me protéger. C'était moi qui le protégeais, désormais. Dans ma tête, j'étais une héroïne.

Elle boucla la dernière attache et releva la tête. Des larmes lui embuaient les yeux.

— Toi, ton père et les faucons… C'est vous qui m'avez le plus manqué. Je savais que tu serais bouleversé si tu me croyais morte.

— J'ai prié pour toi, avoua Tomas.

Il se cachait là où personne ne le trouverait et priait de toutes ses forces pour qu'elle revienne.

— Puis j'ai dû faire mon deuil.

Elle avait occupé une place à part dans son cœur, toutes ces années. Chérie et intouchable. Partie à jamais. Son brusque retour le déstabilisait. Il ne savait jamais vraiment ce qu'il ressentait en sa présence.

— Désolée, répéta-t-elle.

Elle allait gâcher son maquillage si elle laissait couler ces larmes.

— Je voulais juste me sentir aimée et protégée. C'est encore ce que je recherche aujourd'hui. Chez un homme.

La conversation prenait de nouveau un tour trop personnel. Ne pouvait-elle pas le laisser respirer un peu ? Il recula sans répondre.

— J'ai appelé mon premier poney Tomas. Mon premier lévrier Tom-Tom. Mon premier faucon Lolo II. C'était une vraie obsession. Je voulais me souvenir de toi par tous les moyens possibles.

Ses joues s'empourprèrent. Elle consulta sa montre.

— Trois minutes. Tu devrais arranger tes cheveux. Ils rebiquent de tous les côtés.

Tomas se réfugia dans la salle de bains, vulnérable comme jamais. Désemparé par un simple nom d'oiseau. Il passa les doigts dans ses cheveux, sa façon habituelle de se coiffer. Le même geste dans ceux de Claudia aurait le résultat inverse. Il la décoifferait à coup sûr en embrassant ses joues, ses paupières, ses lèvres...

Un coup de peigne lui en ferait peut-être passer l'envie. Il se regarda dans la glace. Plissa les yeux et serra la mâchoire jusqu'à se composer un masque dur, inapprochable, tout en refoulant de force ses émotions.

Nettement mieux.

Claudia sourit en le voyant ressortir, pas du tout découragée par son expression.

— Tu es splendide, dit-elle d'un ton admiratif. Je m'étonne que tu ne sois pas marié ou en couple. Quelle pourrait en être la raison ? Un manque d'opportunités ? Un vice secret ? Une nature solitaire ?

— Je suis comme je suis.

Ce n'était pas de sa faute si aucune femme ne le supportait sur le long terme.

— Épargne-moi ta psychanalyse de bas étage.

— Tu me demandes l'impossible.

— Tu es ressuscitée d'entre les morts, non ?

Il se dirigea vers la porte.

— Pour toi, rien n'est impossible.

Claudia contenait son impatience pendant que l'écuyer de son frère cochait leurs noms sur sa liste. Tomas, Lor, Silas et elle avaient tous été officiellement convoqués par le roi. Aujourd'hui était un grand jour, choisi par Cas pour accorder richesses et privilèges à ses sujets les plus méritants. Un cottage tout confort serait gracieusement mis à disposition de Lor et Silas au sein de la forteresse d'hiver, lequel venait avec une rente généreuse. S'ils n'étaient pas encore prêts à prendre leur retraite, leurs responsabilités seraient progressivement diminuées, jusqu'à ce qu'ils choisissent de passer la main. Silas ne rajeunissait pas. Il avait besoin de ralentir.

Quant à Tomas, lui aussi serait récompensé. Claudia y était pour quelque chose, bien sûr. Restait à voir comment il le prendrait.

Tomas s'inclina en entrant dans la salle du trône tandis qu'étaient annoncés son nom et son ascendance. Les Sokolov étaient maîtres fauconniers depuis des siècles, au service du roi depuis trois générations. Il était très fier de son héritage. Lui aussi devrait se marier un jour afin de perpétuer la lignée. Mais il n'avait que trente-deux ans. Il avait tout le temps de trouver une épouse.

N'y songe même pas, lui souffla sa conscience. *Claudia de Byzenmaach n'est pas pour toi.*

Tomas avait mis des années à affiner ses sens afin d'être toujours à même de contrôler ses oiseaux. Cette volonté de domination se retrouvait au lit. Il *aimait* avoir le contrôle. Il s'enorgueillissait de satisfaire une femme tant par sa prévenance que par son côté plus bestial. Jamais il ne s'oubliait, toujours attentif aux réactions de ses partenaires. Mais Claudia était Claudia. Leur situation était... différente. Sexe et émotions complexes ne faisaient pas bon ménage.

Tomas attendait son tour de se présenter devant le roi, après Claudia, Lor et Silas. La princesse resplendissait dans une somptueuse robe de bal rose. Une parure d'or scintillait à son cou et ses oreilles. Quel ne fut pas son choc lorsqu'elle reçut un duché incluant toute la région montagneuse du Nord ! Y compris la forteresse d'hiver. Cette forteresse offerte comme un banal bibelot était *sa* maison ! Tomas bouillonnait d'indignation, mais n'en laissa rien paraître. Retranché derrière une façade impassible, il regarda le roi offrir sa main à Claudia, qui se releva avec grâce et embrassa son frère sur les deux joues avant de se placer en retrait.

Ce fut au tour de Lor et Silas de se présenter devant Casimir. Quel âge avaient-ils ? Dans les quatre-vingts ans ? Peut-être un peu moins ? Ils étaient déjà âgés quand Tomas était enfant, toujours gentils et patients avec lui. Il les considérait comme ses grands-parents de cœur. C'est pourquoi il approuvait le profond respect que leur témoignait aujourd'hui le roi en récompensant si généreusement leurs longues années de bons et loyaux services à la forteresse d'hiver.

Son propre tour était venu. Que pouvait bien avoir prévu Casimir le concernant ? Il était trop jeune pour prendre sa retraite. Alors pourquoi était-il là ?

— Tomas Sokolov, fils d'Andreas, petit-fils de Yos, énonça le roi. Votre loyauté et votre talent pour la fauconnerie font honneur au royaume de Byzenmaach. Vos programmes de sauvegarde des espèces en danger sont réputés dans le monde entier. Ma sœur répond de votre volonté de la protéger lorsqu'elle était enfant. Ma femme et ma fille louent votre patience et votre bienveillance à leur égard. Quant à moi, maître fauconnier, je connais votre dévouement au bien-être de ceux qui vous entourent et la passion avec laquelle vous défendez les causes chères à votre cœur. Le moment est venu de déployer vos ailes.

— Est-ce une destitution ?

Pour quelle raison ? Tomas avait toujours été fidèle à Casimir. Du reste, aucun de ses apprentis ne serait prêt à prendre sa relève avant plusieurs années.

— Sachez que les oiseaux me suivront où que j'aille. C'est le principe de l'imprégnation.

Cas ne l'ignorait pas. Ce n'était pas une menace en l'air.

— C'est bien pour cela que je vous récompense, répondit Cas avec agacement. Tu parles d'une bonne surprise… Je savais que j'aurais dû vous prévenir.

Tomas se tut comme approchait l'écuyer Dorn avec un rouleau de parchemin sur un coussin en velours. Claudia tenait un parchemin similaire à la main.

— Genou à terre.

Il s'exécuta en silence.

— Tomas Sokolov, je vous octroie la baronnie d'Aergoveny, légable à vos descendants, hommes ou femmes, aussi longtemps que survivra votre lignée. La terre est montagneuse et riche en alpages. Elle inclut un village habité à l'année par plusieurs familles, qui paient une taxe locale en contrepartie de leur autonomie. Certains habitants ont exprimé le désir de devenir vos apprentis, si vous y consentez.

— J'ai déjà des apprentis, marmonna Tomas.

— Prenez-en de nouveaux. Un manoir modeste entouré de remparts solides se dresse à l'est du village. Une équipe a été envoyée pour le remettre en état. Les volières, écuries et enclos sur place devraient vous plaire. Pour ce qui est du budget, je vous octroie le prix remporté récemment par le faucon Sweetybird McTender Heart, surnommé Cloud… Hum, il faudrait peut-être songer à revoir vos noms d'oiseaux si nous continuons à gagner.

— Dites cela à votre fille.

Tomas leva discrètement les yeux vers Cas. Cette récompense, était-ce sérieux ? Il n'avait jamais demandé à devenir aristocrate. Pas par manque d'ambition : il dirigeait l'un des plus ambitieux programmes de sauvegarde d'oiseaux d'Europe. Le problème était la responsabilité envers les *gens* qui venait avec le titre. Il ferait un piètre baron. Pouvait-il refuser l'honneur ? Peut-être pas publiquement. Mais plus tard, en privé ?

Cela signifiait aussi renoncer aux cinquante millions de dollars...

Casimir fit les gros yeux. Tomas se hâta de baisser la tête.

— En plus du prix, je vous autorise à prendre *deux* épouses, conformément au règlement de la course de 1649.

Quoi ?

— Le règlement est le règlement.

Tomas sentit la tape de l'épée de cérémonie sur chacune de ses épaules. Ce devait être un rêve... Il n'était pas un noble. C'est tout juste s'il savait se tenir à table. Mais Casimir avait saisi le rouleau de parchemin et le lui tendait en souriant, et tout le monde applaudissait. Non, il ne rêvait pas. C'était bien réel.

— Levez-vous, Seigneur Sokolov, grand fauconnier du roi, baron d'Aergoveny. Bienvenue dans la noblesse de Byzenmaach.

5

Claudia balaya des yeux la salle de banquet, où d'autres convives avaient rejoint les personnes honorées par le roi et leurs familles. Tomas se tenait à l'écart, seul. Il n'y avait eu aucun Sokolov à inviter. Ses parents et grands-parents étaient tous décédés. D'après Lor et Silas, qui l'avaient pris sous leur aile, il n'avait pas d'autre famille.

Bras derrière le dos, il paraissait parfaitement décontracté. Mais sa mâchoire crispée démentait cette première impression. Le regard qu'il lui avait lancé plus tôt était plus glacial que les sommets enneigés des montagnes du Nord. Elle avait haussé le menton avec un sourire qui voulait dire : *La balle est dans ton camp, Tomas.* Depuis, aucune réaction.

— Tu fronces les sourcils.

Claudia se tourna vers son frère, magnifique en tenue de cérémonie royale.

— Qu'est-ce qui te taraude ?

Comme s'il ne le savait pas.

— *Deux* épouses ?

Cas eut un sourire narquois.

— Je n'y suis pour rien. Cela va avec le prix. Bien sûr, le règlement précise que si la première femme s'oppose au second mariage, elle reçoit l'équivalent du prix initial, libre d'en faire l'usage qui lui plaît.

Claudia absorba cette information.

— Intéressant.

— Je savais que cela te plairait.

Il pointa un doigt sur son front.

— Tu continues à froncer les sourcils…

— Je n'aime pas ce genre de réceptions.

— Comme beaucoup, répondit Cas. Mais elles font partie intégrante de notre rôle.

Son sourire s'estompa.

— C'est toi qui es revenue, Claudia. Pour être utile et prôner le changement. C'est ce que tu m'as dit. La contrepartie est ta présence à mes côtés, ce qui implique un million d'autres réceptions comme celle-ci. Tu le sais.

En effet. Elle avait signé un pacte avec le diable pour avoir l'oreille de son frère. Il l'écoutait lorsqu'elle évoquait les difficultés et les besoins des populations vivant à cheval sur la frontière nord. Mieux, il avait entamé un processus de consultation et de collaboration, en signe de respect pour leur mode de vie nomade. Un mode de vie qu'il ne pouvait comprendre, mais elle, si. Elle avait vécu cette vie de liberté pendant vingt ans. Elle lui manquait tellement, parfois !

Claudia avait insisté bec et ongles pour que Tomas reçoive la baronnie et l'argent du prix. Il avait besoin d'espace pour accueillir plus d'oiseaux et développer ses activités de sauvegarde, si telle était son ambition. Il pouvait être tellement plus que le fauconnier du roi ! Et Casimir avait besoin d'aristocrates de confiance pour préserver la paix dans les régions montagneuses. Mais la froideur de Tomas lui donnait à réfléchir. Et si elle lui avait imposé un pacte avec le diable à lui aussi ? S'il n'avait aucun désir d'échanger sa liberté contre la richesse ?

— C'était la bonne décision, murmura-t-elle, surtout pour se rassurer elle-même.

Cas surprit son regard vers Tomas. Les joues de Claudia s'enflammèrent. Elle n'aimait pas trahir sa vulnérabilité, surtout en public. Elle était la princesse rebelle, kidnappée enfant et revenue au pays vingt ans plus tard. Elle avait une légende à entretenir. Rechercher désespérément l'approbation de son frère cassait son image.

— C'est impoli de fixer les gens, le tança-t-elle.

— Je suis désolé, Claudia. J'ignorais que tes sentiments pour notre fauconnier étaient aussi profonds.

— Eh bien, maintenant, tu le sais, maugréa-t-elle. Je préférerais que cela reste entre nous. Tomas va adorer Aergoveny, j'en suis sûre. Il sera indépendant, libre de vivre sa vie comme il l'entend et d'aimer qui il veut. Moi, par exemple. C'est mon plan secret. Pathétique, n'est-ce pas ?

— Et risqué, commenta son frère. Brûler les étapes pourrait se retourner contre toi.

— Ce serait contrariant.

Cas leva les yeux au ciel.

— Pauvre Tomas.

— Plus maintenant.

Elle soutint son regard.

— S'il te plaît, dis-moi que tu t'apprêtes à te retirer et abréger notre calvaire à tous ?

Personne n'était autorisé à quitter la réception avant le roi.

— Rudolpho n'arrête pas de consulter sa montre et de te lancer des regards depuis un quart d'heure.

Rudolpho était le valet, écuyer ou secrétaire personnel du roi, selon les besoins. Cas hocha la tête.

— Si je puis me permettre un conseil concernant notre nouveau baron...

— Tant qu'il ne s'agit pas d'un ordre.

Il se pencha à son oreille.

— Patience, Claudia. Tout vient à point à qui sait attendre.

Alors que son frère rejoignait Rudolpho, Claudia marcha droit sur Tomas.

— J'ai les clés de la salle des archives, dit-elle en arrivant à sa hauteur. Veux-tu voir à quoi ressemble ton nouveau fief ?

— C'est de ta faute.

La colère dans sa voix la surprit. Elle ne l'avait jamais vu ainsi.

Tomas était un homme d'une patience infinie avec les oiseaux, les chiens et les chevaux. Tous les animaux, à vrai dire. Même leurs, hum… *désaccords* occasionnels ne l'avaient jamais vraiment fait voir rouge.

— C'est toi qui as soufflé à ton frère cette idée de « récompense ».

La façon dont il cracha ce dernier mot indiquait sans équivoque ce qu'il en pensait.

— Je n'ai pas eu à persuader Cas, si c'est ce qui t'inquiète.

— Je n'ai pas besoin de baronnie, ni de tout cet argent. J'ai assez de responsabilités comme cela, siffla-t-il.

— Envers tes oiseaux.

— Exact. Je ne veux être responsable de personne. Je n'aime même pas les gens.

— Vraiment ?

Elle adressa un signe de tête à son frère sur le départ. Tomas, toujours observateur, le remarqua et s'inclina en direction du souverain qui s'éloignait.

— Tu t'entends pourtant bien avec Lor et Silas, reprit-elle. Et Ana et Sophia. Et aussi ton chef palefrenier, et tes apprentis…

La liste continuait.

— Ils t'apprécient aussi. Tu es sévère, mais juste. Ils disent que tu as bon cœur.

Pour ceux capables de le trouver.

— Je crois plutôt que tu as peur de décevoir les gens. Cela n'arrivera pas.

La tension creusait ses traits. Claudia redoubla d'efforts pour le convaincre qu'elle avait fait le meilleur choix pour tout le monde.

— Aergoveny est négligé depuis longtemps. Ses habitants ont entendu parler de toi, Tomas. La préservation de leur contrée leur tient à cœur. Qui de mieux pour eux qu'un baron à leur écoute, dévoué à faire perdurer l'art ancestral de la fauconnerie et réintroduire diverses espèces dans la nature ? Ils te respecteront pour cela. Vos ambitions se rejoignent et je les partage aussi. Tu es l'homme de la situation. En tant que duchesse de la forteresse d'hiver, je te soutiendrai autant que possible.

Ne comprenait-il pas où elle voulait en venir ?

— Aergoveny est à toi. Ce sera un sacré changement, bien sûr. Mais songe à tout ce que tu pourras accomplir ! Rien ne t'empêche d'engager un intendant pour gérer ta maison et tes terres, et tout une équipe pour t'aider à atteindre tes objectifs. Tu connais bien le mode de vie de ces contrées isolées. Tu sais aussi combien leurs habitants y sont attachés.

Le silence de Tomas la déstabilisait.

— Tu pourras développer tes programmes d'élevage et d'autres projets en accord avec tes valeurs. Embaucher des apprentis saisonniers. Inviter sous ton toit des experts du monde entier. Personne ne s'y opposera. Cette baronnie, c'est la liberté...

— C'est une cage dorée, gronda-t-il.

— Ta famille est au service de la Couronne depuis des générations. C'est aussi une cage, rétorqua-t-elle avec frustration.

Patience, Claudia.

Elle inspira profondément. Le brusquer ne la mènerait à rien. Mais elle voulait tellement qu'il donne une chance à cette nouvelle vie ! Qu'il lui donne une chance à *elle*. Elle était une femme intelligente et utile. Elle ne le décevrait pas.

— Ce titre t'offre non seulement l'opportunité de briller dans ton domaine, mais te place aussi sur un pied d'égalité avec moi...

Non ? Toujours pas ?

— Ce qui signifie que plus rien ne t'empêche de me faire ouvertement la cour si tu le souhaites.

Avait-elle imaginé le feu dans ses yeux chaque fois qu'il la regardait à la dérobée ? Elle savait qu'il la fixait quand il croyait que personne ne le voyait. Gardait-il seulement un œil sur elle par peur qu'elle se fasse kidnapper à nouveau ?

— Je ne cherche pas à m'imposer dans ta vie, Tomas. Mais sache que je suis une possibilité. Je l'ai toujours été. Je voulais juste nous faciliter les choses, au cas où tu serais intéressé.

Tomas se taisait. Le grand fauconnier du roi était un mur de silence.

— Ce n'est pas dans ma nature, proféra-t-il enfin, de laisser quelqu'un prendre le contrôle comme tu t'obstines à le faire.

Était-ce un avertissement ?

— Je vois. C'est pareil au lit, j'imagine. J'ai entendu parler de tes prouesses. Tu sais quoi ? Cela me plaît. Reste toi-même. Je n'ai aucun scrupule à me soumettre.

Son silence abasourdi eut raison de sa patience.

— Bon, je te montre la salle des archives ou tu as besoin d'une autre décennie pour y réfléchir ?

Elle avait de si agréables projets pour eux ce soir. Était-ce trop demander, un minimum de coopération ?

— Je rentre chez moi.

S'il insistait. Elle n'avait rien contre plus d'intimité.

— J'ai besoin d'enlever ces vêtements ridicules.

Exactement !

— Et demain, je pars comme prévu dans les montagnes pour trois semaines, respecter les engagements que j'avais pris avant que tu ne chamboules toute ma vie.

S'il savait comme elle mourait d'envie de l'accompagner et chevaucher là-bas avec lui ! Hélas, elle avait plusieurs rendez-vous la semaine suivante, ainsi que deux déjeuners royaux et une visite dans le pays voisin en tant qu'émissaire du roi.

— Peux-tu repousser d'une semaine ? Je viendrais avec toi…

— Non.

— Mon Dieu, ce que tu es exaspérant !

— Moi ? C'est *moi* qui suis exaspérant dans cette… cette…

— Relation ? suggéra-t-elle.

— Conversation, rectifia-t-il sèchement.

— Joute verbale, au moins.

— Non.

— Cour opiniâtre ?

— Encore moins. Tu m'as fait baron sur un coup de tête !

— Ce n'était pas un coup de tête, mais une récompense mûrement réfléchie, objecta-t-elle. C'est aussi une politique intelligente de la part de Cas. Il a toute confiance en toi.

Il la dévisagea sans un mot.

— Je ne renoncerai pas, Tomas.

Autant qu'il le sache.

— Bon sang, Claudia ! Montre-moi cette fichue salle des archives.

Il n'avait pas capitulé. S'il suivait Claudia dans ce couloir désert où il n'avait jamais mis les pieds avant, cela ne signifiait pas qu'il était d'accord avec la tournure des événements. Il ne méritait pas d'être seigneur. Il s'était laissé entraîner uniquement parce qu'il détestait les confrontations publiques. Il avait eu besoin d'échapper aux regards curieux et aux flagorneurs en tous genres, et elle lui avait offert une issue de secours, voilà tout. C'était ce qu'il se disait...

Jusqu'à ce qu'ils entrent dans la salle des archives. Une pièce au plafond voûté, où des lampes éclairaient des parchemins précieux sur des tables en bois. Un feu crépitait dans la cheminée et un assortiment de boissons s'alignait sur une desserte. Claudia exhala un soupir. Supportait-elle mal ces réceptions royales, elle aussi ?

— Mets-toi à l'aise, dit-elle.

Elle retira une boucle d'oreille, puis l'autre.

— Ces bijoux anciens pèsent une tonne ! Ils appartenaient à ma mère.

Elle lui présenta son dos.

— Tu veux bien détacher mon collier, s'il te plaît ? Le fermoir est en forme de fleur avec une perle au milieu. Il suffit d'appuyer dessus et... Oh.

Le collier se décrocha. Elle le rattrapa avant qu'il tombe.

— Merci. Je vois que tu es un expert.

Sa moue dépitée allégea son humeur. Plutôt que de répondre, il se contenta d'un sourire goguenard. Après tout, le langage non verbal était sa spécialité. Elle lui lança un regard en biais en retirant ses gants un doigt après l'autre.

— Enlève ton manteau, si tu veux, proposa-t-elle.

Ce qu'il ne pouvait faire qu'avec son aide. Elle le savait pertinemment.

— Inutile. Je ne reste pas longtemps.

— Mmh.

Sa réponse favorite, qui avait le don d'échauffer son sang.

— Cette pièce abrite aussi des livres de comptes détaillant le nombre de têtes de bétail et les chiffres des récoltes. Remercie le dernier baron d'Aergoveny en place jusqu'en 1672. Tu es sûr de ne pas vouloir déboutonner ton manteau ?

— Sûr et certain.

L'audace de cette femme. Elle ne lâchait jamais prise.

— Tu es si autoritaire...

— Volontaire, précisa-t-elle. Une qualité indispensable pour une meneuse d'hommes, tu ne crois pas ?

Son effronterie ne connaissait aucune limite !

Elle s'approcha d'une carte étalée sur une table. Elle gondolait du fait d'être restée enroulée si longtemps et des poids sur chaque coin servaient à la maintenir à plat. Il avait beau s'en défendre, Tomas ne pouvait rester de marbre face à ce morceau d'histoire, dont il lui appartenait aujourd'hui d'écrire le prochain chapitre. Pourtant...

— Ces terres peuvent-elles vraiment être possédées ?

— Non, dit-elle en toute simplicité. On fait semblant. Mais tu peux en être le régisseur et les protéger.

— Je n'ai rien demandé.

Elle traça de l'index les contours de la baronnie.

— Ces terres sont idéales pour tes besoins. Il te faudra un peu du temps pour t'y sentir chez toi, mais cela viendra. Ta baronnie pourrait devenir l'une des plus grandes réserves au nord de Byzenmaach et au-delà. Cas fait déjà pression sur les rois des pays voisins pour contribuer à la préservation de ces montagnes. Tu pourrais mener les négociations et influencer les politiques. Tout ce que tu as à faire est d'y croire.

Elle leva vers lui un visage presque implorant.

— Pourquoi ne peux-tu le voir comme une opportunité ? Est-ce parce que cela vient de moi ?

Oh ! ce qu'il voulait vraiment d'elle !

— Je suis tout sauf noble, Claudia. Mes mains sont calleuses. Mon appétit sexuel est celui d'une bête vorace.

C'était ce qu'on lui avait dit. Les yeux de la jeune femme brillèrent.

— Non, la mit-il en garde. Tu n'en sortirais pas indemne si je cédais à mon désir.

— Je n'ai pas envie d'en sortir indemne, répliqua-t-elle. Lâche-toi. Tu as ma permission. Et laisse-moi en faire autant.

— Bon sang, tu es tellement...

Elle coupa court en le bâillonnant de ses lèvres. Une tactique on ne peut plus efficace. Tomas se sentait à l'étroit dans son manteau. La bouche de Claudia était chaude sur la sienne, sa joue douce comme la soie sous ses doigts. Elle était la femme la plus fantastique qu'il ait jamais embrassée. Son désir insensé pour elle se manifesta de la plus évidente des façons. Mais il gardait encore un semblant de contrôle. Il n'avait pas encore tout gâché.

Lorsqu'elle ferma les yeux, il s'autorisa à pencher la tête pour se délecter d'elle tout son content. Le corps de Claudia s'imbriquait à la perfection contre le sien. La serrait-il trop fort ? Difficile de mesurer sa force avec une femme comme elle. Il se sentait à la fois honoré et pris au piège, coupé de la réalité dans cette pièce où s'empilaient des siècles de vies de parfaits inconnus. Il ne savait plus qui il était, ni quelle était sa place dans l'ordre du monde. Ce qu'il savait, sans l'ombre d'un doute, c'était qu'embrasser Claudia chaque jour ferait de lui le plus fortuné des hommes. Sa raison avait beau l'exhorter à faire marche arrière, elle se heurtait à son désir, et le désir n'abêtissait-il pas les hommes ?

Il ne fit rien pour arrêter Claudia lorsqu'elle déboutonna son manteau, puis sa chemise. Il voulait ses mains sur son torse. Elle l'exauça volontiers. Ses ongles éraflèrent gentiment sa peau, pour mieux lui tirer un spasme de plaisir quand ils se plantèrent avec la force d'une serre sur son mamelon. Ses lèvres délaissèrent les siennes et remontèrent le long de sa mâchoire vers la peau sensible sous son oreille, qu'elles mordillèrent avec gourmandise. Un son rauque jaillit de sa gorge. Nouveau fétiche. Il se découvrait une zone érogène jusque-là inexplorée.

— Encore.

Elle rit et lui donna un petit coup de langue, avant de capturer son lobe entre ses dents. Mmh, cela aussi lui plaisait. Il pourrait facilement perdre pied s'il ne se maîtrisait pas. Et là, tout de suite, il n'était pas sûr d'en être encore capable. Toute la soirée, il avait cherché des yeux la fermeture invisible de sa robe de bal en rêvant de déshabiller Claudia. Il la baissait à présent et... Dieu merci, il se maîtrisait encore. La fermeture s'ouvrit dans un glissement parfaitement civilisé.

Claudia était magnifique, sa peau ambrée sublimée par l'éclairage feutré. Il pencha le visage sur ses seins et lui arracha un cri de plaisir qui résonnerait en lui pour l'éternité. Elle encourageait chaque geste, chaque caresse, avide de le suivre là où il l'emmenait. Plus elle le pressait, plus il prenait son temps. Ses grognements frustrés l'amusaient. Petit à petit, il se relaxa, cédant au feu qui les dévorait tous les deux. À peine ses doigts se faufilaient-ils sous sa culotte qu'elle s'en débarrassa. Nue sur ses talons hauts, elle plaqua une main sur son entrejambe et s'empara de sa bouche avec une ardeur décuplée.

Il y avait une table juste là... Tomas baissa son pantalon et hissa la jeune femme contre son corps, de sorte qu'elle reposait plus sur lui que sur la table. Impatiente, elle emprisonna ses hanches entre ses cuisses en lui labourant le dos de ses ongles manucurés. Il ajusta leur position et, front contre front, ils regardèrent son corps s'empaler centimètre par centimètre sur le sien.

La sensation était indescriptible. C'était comme une évidence. Tomas n'avait jamais rien éprouvé de pareil.

Claudia bougeait sur lui, le souffle haché. Tomas serra les dents. Il se cramponnait au bord de la table pour ne pas laisser de marques sur sa peau. Il essayait de garder le contrôle, de ne pas plonger trop fort, trop loin. Mais les réactions très vocales de Claudia n'aidaient pas. Des gémissements exaltés entrecoupés de « oui ! » et « encore ! » et « ne t'arrête pas ! ».

— Allonge-toi sur la table, ordonna-t-il, soucieux de rendre leur position plus confortable pour elle. Laisse-moi faire.

Sa main s'insinua entre leurs corps, vers le bourgeon enflé de son plaisir. Il faisait de son mieux pour y aller en douceur et contenir la puissance de ses coups de butoir. Clouant ses poignets au-dessus de sa tête, il aspira un téton dans sa bouche, qu'il butina et suça jusqu'à le sentir durcir sur sa langue.

Laisse-moi faire. Oui, qu'elle le laisse se perdre dans les affres du désir et la friction grisante de leurs chairs. Qu'elle le laisse la regarder onduler et se tortiller alors qu'il recueillait sur ses lèvres ses soupirs de plaisir. Elle aimait son côté brut de décoffrage, non ? Le nirvana l'appelait. Il était là, à portée de main. Tomas l'avait prévenue... Il n'était pas un gentleman.

Claudia avait une conception plutôt modeste du paradis sur terre... Jusqu'à ce que Tomas l'emplisse tout entière et libère ses émotions. Son désir désinhibé, purement primitif, était tout ce qu'elle attendait. Il était magnifique dans la lumière des lampes. Un guerrier éblouissant, enfin sien. Un homme rude, incapable de masquer sa fascination pour cette tendresse en elle, absente chez lui. Un aphrodisiaque conçu spécialement pour *elle*. Mais la ligne d'arrivée se profilait trop vite. Elle n'était pas prête à la franchir.

— Non...

Elle arrêta sa main et la guida vers ses lèvres.

— Je ne vais pas tenir, souffla-t-elle en l'embrassant.

Son sourire fit couler un torrent de lave dans ses veines.

— Ce n'est pas grave. Ce n'est que le premier tour.

Mais lorsqu'il se remit à bouger, ce fut dans un lent va-et-vient, ponctué d'un roulement de hanches sensuel certain de la propulser aux confins de la stratosphère.

— Mieux ?

Elle ferma les yeux sous une pluie de sensations provoquée par une nouvelle offensive langoureuse.

— Cela ne règle pas mon problème...

— Quel dommage, susurra-t-il dans son cou.

Il recommença, encore et encore, tandis qu'elle s'arquait à la rencontre des délices qu'il lui prodiguait. Il n'y avait plus de retour en arrière possible. Elle s'envolait, toujours plus haut... Jusqu'au sommet ultime.

— Tu me le paieras.

Il était prévenu. Il la rejoignit dans la jouissance quelques secondes plus tard. Elle rit, tant leur osmose était parfaite.

Ses cheveux noirs collaient à son front moite. Sa propre tresse couronne ne devait plus ressembler à grand-chose. Elle imprima un baiser sur sa tempe. Leurs deux respirations revenaient peu à peu à la normale. Ils étaient vraiment en phase.

— Que proposes-tu pour le deuxième tour ?

Tomas ne répondit pas. D'accord, il n'y en aurait pas. Le retour sur terre était brutal, et sa déception immense. Leurs corps n'avaient pas menti. Mais la raison, elle, mentait constamment. La perception qu'on avait de soi aussi.

— S'il te plaît, ne gâche pas tout, implora-t-elle.

— Tu vas avoir des bleus...

Il avait dit cela dans un grognement à peine audible.

— Le désir de mon amant gravé sur ma peau. C'est romantique.

— N'édulcore pas les choses.

— Il n'y a pas de honte à désirer sans retenue, affirma-t-elle. Moi aussi, j'ai laissé des marques sur toi. J'espère qu'elles te manqueront quand elles disparaîtront.

Il secoua la tête.

— Je veux tes marques sur moi, Tomas.

Elle ne pouvait pas être plus directe.

— Il n'y a de rien mal à cela. Ne réprime pas cette émotion parce qu'elle te dépasse. Tu penses que je fais ressortir le pire de toi, n'est-ce pas ? Moi, je ne vois que le meilleur et je veux plus. Pourquoi ne pas explorer où cette attraction nous mène ?

— Tu es une icône, Claudia.

Il relâcha son étreinte et recula. Claudia s'assit nue sur la table tandis qu'il se rhabillait déjà.

— Toi aussi.

Elle émit un petit rire, en se demandant s'il serait encore là quand le rire céderait la place aux larmes. Elle connaissait les risques. Elle savait que le sexe la laisserait vulnérable lorsqu'il reprendrait inévitablement ses distances après. Elle avait quand même tenté sa chance.

— Tu étais mon sauveur, enfant. Tu l'es resté dans mes rêves. Mais je suis prête à te voir comme une vraie personne, avec ta complexité et tes défauts, si tu en fais autant avec moi.

— Je ne suis pas ton sauveur, Claudia.

Elle avait ramassé sa robe pour la renfiler. La colère dans sa voix arrêta son geste.

— Je *voulais* te sauver. Mais j'avais beau te chercher, tu étais introuvable. Je t'ai laissée tomber...

— C'est faux ! protesta-t-elle. Tu m'as défendue et évité de nombreuses corrections. Tu as convaincu ton père de me prendre sous son aile. Tu m'as offert un refuge et des souvenirs précieux. Après mon enlèvement, je ne m'attendais pas à ce que tu viennes...

La sauver ? Si, une part d'elle y croyait. Et peut-être comptait-elle toujours sur lui pour rendre sa vie à Byzenmaach plus supportable.

— Je savais que tu ne viendrais pas. C'était impossible.

Pourtant, combien de nuits était-elle restée éveillée, dans l'espoir qu'il surgisse dans sa tente, lui tende la main et l'emmène très loin, en sécurité ? Surtout les premiers temps. Peut-être Tomas n'était-il pas le seul à avoir besoin de se confronter à ses émotions. *Toutes* ses émotions. Même les plus injustes.

— Je veux dire… J'en rêvais, mais tu n'étais qu'un enfant. Je savais que tu étais aussi impuissant que moi.

— Cette conversation est-elle censée me réconforter ?

Tomas se tourna à demi vers elle, le visage sombre. Aussi intimidant que les prédateurs qu'il élevait.

— Plutôt t'éviter des années de thérapie, repartit-elle en passant la tête dans l'encolure de sa robe. Quelle importance que je sois une princesse de conte de fées pour toi, et toi une figure de preux chevalier pour moi ? C'est un début. Ni toi ni moi ne sommes plus impuissants aujourd'hui. Nous avons le contrôle de nos vies. Le sexe entre nous est explosif. Le reste, cela se travaille. Je me suis démenée pour faire avancer les choses. En ce qui me concerne, je suis extatique !

Le temps qu'elle finisse de renfiler sa robe, il avait reboutonné sa chemise et se servait un verre d'eau sur la desserte.

— Que dirais-tu d'un dîner en tête à tête un de ces quatre ? proposa-t-elle. À ton retour de voyage ?

— Tu n'abandonnes jamais.

— Est-ce un oui ?

Il haussa ses larges épaules. Seigneur, quel corps fabuleux ! Elle calma ses ardeurs. Trop tôt pour remettre le couvert. Mais Tomas semblait avoir remarqué sa réaction. Était-ce pour elle, cette légère contraction des biceps ? Peut-être y avait-il de l'espoir, tout compte fait.

— Je serai absent trois semaines.

Elle avait attendu plus longtemps pour moins que cela.

— D'accord.

— Il se peut que je m'arrête à Aergoveny en revenant.

— Excellente idée.

Il hocha la tête. Après un moment de flottement, il indiqua la sélection de boissons sur la desserte.

— Je te sers quelque chose ?

— Un whisky, sans glaçons.

Avec dextérité, il déboucha la bouteille et lui versa un verre.

— Et toi ? demanda-t-elle alors qu'il le lui apportait.

Un coup à la porte les interrompit. Un éclair de panique traversa les yeux de Tomas.

— C'est pour quoi ? aboya-t-il.

La porte resta fermée.

— Un message du roi Casimir, seigneur Sokolov. Sa Majesté vous informe que l'hélicoptère pour la forteresse d'hiver décolle à 10 heures.

— J'y serai.

Claudia regarda sa montre. Dans vingt minutes. Elle qui espérait le convaincre de rester toute la nuit...

Le bruit de pas s'éloigna derrière la porte.

— Ton frère tient à protéger ta réputation, observa Tomas.

— Ou la tienne, répondit Claudia. Et la sienne par la même occasion. Tu dois trouver tes marques en tant que nouveau baron. La rumeur que tu serais mon amant te compliquerait la tâche. Quant à Cas, il ne veut pas passer pour un roi influençable distribuant des titres à ma demande.

Ce qui n'était pas le cas. La manœuvre servait aussi ses intérêts, elle le savait.

— Il veille sur nous, conclut-elle.

— Autrement dit, nous avons dérapé et il limite les dégâts.

— Mais non. Nous savons ce que nous faisons.

Tomas poussa un soupir.

— Aujourd'hui marque... un tournant. J'ai toujours eu de l'ambition, admit-il, mais pas comme cela. Je n'ai jamais réfléchi à ce qu'un titre pourrait m'apporter. Je n'aurais pas non plus imaginé que toi et moi puissions nous afficher ensemble au grand jour. J'ai besoin de temps pour digérer tout cela.

— Tu n'es pas homme à laisser la passion t'aveugler ?

Il eut un rire de dérision.

— Apparemment, si.

— Tomas, je veux que...

Mais quelle importance, ce qu'elle voulait, face à son repli ?

— Mon frère m'avait prévenue de ne pas brûler les étapes. J'aurais dû l'écouter.

Patience, Claudia. Donne-lui le temps dont il a besoin.

Elle leva son verre.

— À ta liberté, dit-elle. Je te souhaite d'être heureux, où que te mène ta route. Ma porte te sera toujours ouverte, à toi et aux tiens.

Elle posa son verre et pressa les deux mains sur sa poitrine, puis les tendit vers lui, l'une sur l'autre pour former un cœur. L'adieu des clans du Nord. Un gage de soutien inconditionnel, quoi que l'avenir leur réserve.

— Bon voyage, seigneur Sokolov d'Aergoveny.

Il fit claquer ses talons et s'inclina.

— Merci. Je... On reste en contact.

Claudia détestait les banalités et les promesses en l'air. Surtout de la part d'un homme si visiblement pressé de mettre le plus de distance possible entre eux.

— Si tu dois me briser le cœur, fais-le maintenant. Je n'aime pas les faux espoirs.

— Tu devrais savoir qu'il n'y a rien d'autre à attendre de moi.

— Pourquoi dis-tu une chose pareille ?

Il était redevenu froid et distant. S'il ne partait pas tout de suite, elle n'était pas sûre de retenir ses larmes.

— Non, Tomas. Tu m'as donné de bonnes raisons d'espérer. Il n'y a rien de faux entre nous. Ce que je t'offre est sincère. Mais si tu n'en veux pas, va-t'en. Laisse-moi un semblant de dignité.

Si tant est que ce fût encore possible.

— Je serai absent trois semaines, peut-être plus. Seras-tu à la forteresse à mon retour ? demanda-t-il.

Sa forteresse désormais. Celle où Tomas avait toujours vécu. C'était... bizarre. Mais elle avait quitté tant d'endroits dans sa vie, certains chers à son cœur. Si Aergoveny ne convenait pas à Tomas et qu'il voulait rentrer à la forteresse, elle s'en irait. Il y avait toujours un appartement à sa disposition au palais. Ou elle ferait construire sa propre résidence.

— J'y retourne le 18, répondit-elle. Ton hélicoptère décolle dans… onze minutes. Tu ferais mieux d'y aller.

Il se recoiffa de la main. Ajusta ses manchettes. Vérifia la position de sa ceinture.

— Tu as une trace de rouge à lèvres…

Elle lui montra où sur son propre visage.

— Merci. Toi, tu as…

Il eut un geste l'englobant de la tête aux pieds.

— … besoin d'un miroir, je sais.

— Tu es…

— J'ai compris, *merci*.

— … plus belle que dans mes rêves, termina-t-il.

Oh.

— Il n'y a pas de réseau dans les montagnes. Les portables ne fonctionnent pas.

Il fit une pause dans l'embrasure de la porte.

— Garde un œil sur le ciel. Rien n'arrête un pigeon voyageur.

6

C'était bien beau de s'encombrer de pigeons voyageurs pour donner des nouvelles. Encore fallait-il savoir quoi écrire. Tomas était du genre laconique. Il était plus expansif, enfant. Mais sa sociabilité en avait pris un coup après l'enlèvement de Claudia et le refus du roi de négocier son retour. Le règne de Casimir était plus paisible, ses politiques plus progressistes. Mais Tomas peinait toujours autant à accorder sa confiance. Même à ses apprentis ayant depuis longtemps fait leurs preuves. Une baronnie et un village entier sous sa responsabilité allaient décupler sa charge de travail. Il allait devoir apprendre à déléguer.

Peut-être était-ce là-dessus qu'il devrait écrire ?

Être noble n'est pas sans questionnements. Quel personnel engager au manoir ? Dois-je vraiment utiliser une vaisselle différente selon l'occasion ? Je comprends mieux le besoin de deux épouses.

Il ne pouvait pas finir son message là-dessus.

Mont Saer : trois couples d'aigles royaux + œufs.

En route pour le mont Raeschi.

Cela ferait l'affaire. Pas question d'écrire qu'il pensait souvent à elle. À sa douceur et sa détermination. À l'écrin brûlant de son corps autour du sien. Si le pigeon arrivait à destination sans encombre, mieux valait que la princesse reçoive le message en personne.

Une semaine plus tard, un point apparut dans le ciel, qui ne ressemblait à aucun oiseau répertorié. Plus il grossissait, plus il effrayait ses chevaux et ses faucons...

Un drone. Orné de rubans royaux.

Une insulte suprême à l'art de la fauconnerie. S'il s'écoutait, il le réduirait en miettes.

Le drone s'immobilisa à hauteur de son visage.

— Bonjour, maître fauconnier. Jolie barbe.

La voix de Claudia résonnait haute et claire.

— Pourquoi cet engin me suit-il à la trace ? pesta Tomas.

— Je ne peux pas renvoyer un pigeon voyageur à quelqu'un qui se déplace, fit valoir Claudia. Alors qu'avec cette méthode de communication... Une fois que le satellite a relevé tes coordonnées, je n'ai plus qu'à les rentrer dans le programme et prier pour qu'il fasse beau. Pratique, non ? Il fonctionne à l'énergie solaire. C'est un prototype militaire.

— C'est une abomination.

— Et moi qui espérais t'impressionner par mon ingéniosité...

Le fait de ne pas la voir irritait Tomas au plus haut point.

— Pour répondre à ta question, deux épouses, c'est une de trop. Deux femmes, deux fois plus d'ennuis.

— Es-tu entourée d'une armée de généraux ? demanda-t-il. Je préférerais savoir à qui je parle.

Il boucha de l'index l'objectif de la caméra.

— Laisse mon joujou tranquille, bougonna-t-elle. Non, il n'y a personne d'autre dans la pièce. Je suis la seule à te voir et t'entendre.

— C'est ce que tu dis, répliqua-t-il sans bouger son doigt.

Prudence était mère de sûreté.

— Maintenant, la vaisselle, reprit Claudia. Tu vas avoir besoin du service de table pour douze personnes en porcelaine blanche nervurée de la marque Lillis & Co., modèle PT12CBQ, ainsi que du service de banquet complet. Pour les couverts, les RWBee en inox, plus la ménagère de banquet pour une table de dix-huit. Les verres doivent être de chez Veni, en cristal et argent, modèle CS32. Ne lésine pas. Prends la collection complète, soit vingt-quatre de chaque...

— Ai-je vraiment besoin de tout cela ? l'interrompit-il. Je suis un baron simple et sans chichis.

— Je t'ai envoyé une liste à consulter à ton retour. Tu comptes bien revenir à la civilisation un jour, n'est-ce pas ?

— Oui.

Le drone s'éleva dans les airs, délogeant son doigt, et décrivit un large cercle au-dessus de lui.

— Hé ! C'est de la triche !

— Alors c'est ici, ton campement ?

L'appareil survola sa tente près du feu de camp. Trois faucons décapuchonnés se tenaient sur leurs perchoirs, deux le ventre plein, le troisième affamé et prêt à partir en chasse. Une cage abritait ses pigeons qui attendaient d'être libérés. Quant à ses trois chevaux, ils paissaient dans un coin. Mais la critique sous-jacente n'avait pas échappé à Tomas.

— Quel est le problème ?

— Tu as besoin de gens pour te protéger.

— Je peux me débrouiller seul.

Il avait assez d'armes sur lui pour se défendre contre des prédateurs isolés, plus un fusil en cas d'attaque de loups. Ses oiseaux et ses chevaux l'alerteraient au moindre danger.

— Je m'y connais en techniques de survie.

— Mmh, sexy.

— J'espère *vraiment* que personne d'autre ne nous écoute.

— Ce n'est pas un scoop que je te cours après, répliqua Claudia. Cite-moi une personne de notre entourage qui ne soit pas au courant.

— Ton frère sait-il que tu voles des drones à l'armée pour m'épier ?

— Je prends des nouvelles. T'arrive-t-il de penser à nous, Tomas ?

— Souvent.

— J'aime l'honnêteté chez un homme. Et la capacité à prendre des décisions. As-tu réfléchi à notre dîner ?

— C'est toujours une possibilité, répondit-il évasivement.

— Je préfère les certitudes. Quand rentres-tu ?

— Peut-être à la fin du mois.

Mais il ne promettait rien.

— Tout dépendra de l'accueil que je reçois à Aergoveny. Je pourrais vouloir commencer les entretiens d'embauche pour des apprentis et du personnel de maison.

— Je vois que l'idée a fait son chemin.

Si sa retraite dans les montagnes avait clarifié une chose, c'était qu'il refusait que son futur soit décidé pour lui par les hautes sphères.

— Je n'aime pas qu'on m'amadoue ou me force la main, asséna-t-il. Je suis comme cela. Tu crois savoir ce qui est bon pour moi et c'est un problème. Ce n'est pas ce que je cherche chez une amante ou une partenaire.

Il regrettait de ne pas voir son visage. Tout plutôt que ce silence couvert par le ronronnement du drone.

— Je t'admire et te respecte, continua-t-il. Tu es une femme de pouvoir, qui agit et parvient à ses fins. Mais ces qualités qui te rendent efficace à la cour de ton frère sont aussi celles qui me font hésiter sur la possibilité d'un « nous ». Toi et moi aimons tous les deux avoir le contrôle.

— Je vois... Cela pourrait être un problème, en effet, concéda-t-elle après un moment. Mais tu sais, au sein d'une relation physique ou romantique, je n'aurais pas toujours besoin, ni même envie, d'avoir le contrôle. Ce serait un soulagement de me reposer sur toi.

Sa réponse le prit de court. Un éléphant rose surgissant du ciel ne l'aurait pas davantage stupéfié.

— Peut-être n'aimeras-tu pas la vraie moi, poursuivit-elle. Mais ne crois pas savoir comment je serais dans une relation. La princesse royale sur laquelle tu fondes ton jugement n'est qu'un personnage politique. Je suis plus que cela. Ou moins. Désolée si j'ai mal interprété ton message. Je l'ai pris comme une invitation à reprendre le dialogue. Si tu n'es pas intéressé, je n'insiste pas.

Le drone s'éleva dans les airs.

— Attends !

Il redescendit vers lui.

— Peut-être ai-je trop tendance à ruminer, ces derniers temps, reconnut Tomas. Je ne suis toujours pas sûr de comprendre ce que tu attends de moi.

— La même chose que depuis le début, répondit Claudia. Une chance de vraiment te connaître, sans titres ou convenances pour nous mettre des bâtons dans les roues. Maintenant, si tu ne souhaites pas me donner cette chance, dis-le et je te laisserai tranquille. Je suis capable de l'accepter. Je ne te mènerai pas la vie dure à ton retour, si c'est ce qui t'inquiète.

Cela ne l'avait jamais inquiété une seconde.

— Je ne serai même pas là, si tu préfères…

— Claudia, stop. Reprenons à zéro, d'accord ? Je commence.

Il se sentait idiot de parler à une machine. Mais il s'était lui-même embourbé dans son indécision face à cette femme déterminée. À lui de s'en extirper.

— Que dirais-tu de dîner ensemble quand je serai à Aergoveny ? Au village, s'il y a une auberge ou un restaurant. Ou chez moi, si tu préfères un lieu plus privé.

— Il y a une auberge, annonça-t-elle. Retrouvons-nous là-bas et voyons comment les choses se passent. Tout ce que je demande est une date et une heure. J'ai un emploi du temps de ministre !

— Le 4 août à 18 heures.

— Un soir de pleine lune, remarqua-t-elle.

Tomas le savait. C'était son travail d'anticiper ce qui risquait de perturber les animaux dont il s'occupait.

— Est-ce un problème ?

— Pas du tout.

Elle changea de sujet.

— Tes apprentis commencent à s'habituer à me voir parmi eux.

— Comment se porte notre petit faucon pèlerin à l'orteil foulé ? s'enquit-il.

— Je suis avec elle en ce moment. Les autres l'embêtaient.

— Tu l'as imprégnée ?

— Je l'ai emmenée lors d'une visite à un groupe scolaire, l'autre jour, raconta Claudia. Elle est tellement adorable ! Il y avait une élève avec les pieds déformés. Cela a donné lieu à une discussion sur le handicap et le potentiel de chacun, ce qui m'a fait cogiter. Que penserais-tu de monter un spectacle dans les écoles avec Suly et d'autres oiseaux qui ne pourront jamais être relâchés dans la nature ?

— Je vais y réfléchir, à condition que tu cesses de me voler mes oiseaux.

Pourquoi souriait-il jusqu'aux oreilles ?

— Mes apprentis débutent en soignant ces oiseaux blessés.

— Tu prends un apprenti par an, Tomas.

— Mais les années s'accumulent.

Il en était à quatre apprentis.

— Et j'envisage de faire passer de nouveaux entretiens.

— Ouverts aux femmes, j'espère, glissa Claudia.

— Elles sont les bienvenues si elles viennent.

— Elles viendront si tu les invites.

— Pourquoi ai-je mal à la tête chaque fois que je parle avec toi ? grommela Tomas.

— Ton cerveau n'a pas l'habitude d'être autant sollicité.

— C'est surtout toi qui m'embrouilles les idées.

Le drone commença à s'élever dans les airs.

— Attention, Tomas, tu souris, le taquina Claudia.

— J'aimerais te voir sourire aussi.

Les mots lui avaient échappé malgré lui.

— En fait, je t'imagine très bien avec ton petit air suffisant.

— Rendez-vous à la pleine lune, lança-t-elle en riant. Ne sois pas en retard.

— Je peux détruire ce machin, maintenant ?

— Ce « machin », comme tu dis, te permettrait de faire le tour des zones de reproduction de tous tes aigles royaux en un après-midi. Tu devrais t'en procurer un.

Pourquoi diable ferait-il cela ? Tomas attrapa son fusil et mit le drone en joue.

— Je déteste le progrès.

Le coup partit. En plein dans le mille.

Claudia avait la gastro. Une gastro carabinée. Cela faisait trois matins de suite qu'elle courait aux toilettes renvoyer le contenu de son estomac. Elle passait le reste de la journée dans une sorte d'état second, avant de s'écrouler le soir venu. Elle gardait ses distances, bien sûr, pour éviter de contaminer les autres. Mais ce matin, Ana et Sophia avaient décidé de s'asseoir près d'elle pendant qu'elle prenait son petit déjeuner au lit, composé d'un simple bouillon de poulet.

— Ne restez pas là. Vous allez l'attraper aussi, objecta-t-elle.

Le sourire entendu d'Ana lui fit rouler des yeux.

— Ce n'est pas ce que tu crois. J'ai fait un test.

— Un test sanguin ?

Non. Elle avait fait pipi sur un bâtonnet et soupiré de soulagement en découvrant le résultat. Négatif. Encore heureux ! Sa dernière injection contraceptive datait de trois mois… ou quatre. Toutes les précautions étaient prises, le soir où elle et Tomas avaient eu leur moment d'égarement dans la salle des archives.

— C'est impossible.

— C'est ce que je disais aussi.

Ana désigna Sophia.

— Je te présente ma fille…

Sophia se fendit d'un large sourire.

— Je ne peux pas être… Non.

Elle se refusait à prononcer le mot. Le seul fait d'y penser lui donnait une bouffée de panique. Tomas commençait à peine à accepter de se montrer en couple en public. Alors envisager un futur commun… Futur que, dans son imagination, elle se plaisait à embellir. Mais rien n'était fait. Ils n'avaient même pas encore eu leur premier rendez-vous ! L'idée de faire pression sur lui et forcer leur relation parce qu'elle était enceinte la rendait malade.

Claudia repoussa son plateau au pied du lit, d'où Sophia l'observait avec de grands yeux curieux. Elle et Claudia au même âge auraient pu être jumelles. Cas avait tout de suite su que Sophia était de lui en la voyant. Il n'avait reculé devant rien pour les amener au palais, elle et sa mère. Par peur qu'il leur arrive quelque chose. Par besoin de les protéger. Par culpabilité, aussi, d'avoir quitté Ana sans lui laisser aucun moyen de le joindre. Claudia imaginait l'émotion de son frère, la première fois qu'il avait posé les yeux sur sa fille... Un soir autour d'un verre, il lui avait confié n'avoir jamais été aussi heureux et terrifié à la fois.

C'était une photo dans le journal, de Cas serrant Ana et Sophia contre lui lors de la conférence de presse, qui avait décidé Claudia à rentrer à Byzenmaach. Non seulement son retour confirmerait le lien de sang entre Cas et Sophia, mais elle serait le soutien dont il avait besoin dans ses négociations avec les clans du Nord. Elle avait un réel pouvoir, désormais. Les choses bougeaient. Elle était fière de son rôle dans la consolidation de la paix dans son pays. Mais avec ce rôle venaient certaines attentes. S'afficher enceinte et non mariée, en refusant de nommer le père de son enfant ? C'était tendre le bâton à ses détracteurs pour se faire battre.

— Impossible, répéta-t-elle. J'ai trop de responsabilités.

Elle détourna les yeux de Sophia. Son profond désir d'enfant ne devait pas – ne *pouvait* pas – interférer avec ses priorités.

— Cas ne comprendrait pas...

— Bien sûr que si, affirma Ana.

Vraiment ? Il l'avait prévenue d'être patiente avec Tomas. Mais l'avait-elle écouté ? Non. Sans parler de Tomas. Comment réagirait-il face à ce tournant imprévu ? Pas de réelle relation entre eux, rien sur quoi fonder un avenir stable...

Non. *Non !*

Ana prit le plateau et le déposa sur la table près de la fenêtre, avant d'ouvrir les rideaux.

— Je serai là pour te soutenir, déclara-t-elle.

Une position courageuse de la part de quelqu'un qui, un an plus tôt, était encore une mère célibataire menant une vie normale. Mais peut-être était-ce justement pour cela qu'Ana était là. Elle savait que Claudia aurait besoin d'alliés si elle était... Enfin, si elle attendait... un certain événement.

— Et la population de Byzenmaach ? Soutiendront-ils une princesse célibataire enceinte ? J'en doute.

L'angoisse la rendait plus cassante qu'elle n'en avait l'intention.

— Tu es leur princesse de Fer. Tu es indestructible, repartit Ana. Ils s'y feront.

— Reste To... le père.

Le facteur le plus épineux de l'équation. Ils n'avaient jamais parlé d'enfants. Rien que convenir d'un dîner leur avait pris des semaines !

— En effet.

Le regard compatissant d'Ana ne fit rien pour la rassurer.

— Il va croire que je l'ai fait exprès pour le piéger...

— Sauf s'il a assez confiance en toi pour savoir que tu ne ferais jamais une chose pareille, avança Ana.

D'après l'expérience de Claudia, la confiance se gagnait.

— Je l'ai laissé croire que j'étais morte.

— Pour des raisons échappant à ton contrôle.

Claudia aimait beaucoup Ana, une femme intelligente, pleine d'empathie, qui aidait Cas à garder la tête sur les épaules et faisait de son mieux pour être la reine consort dont lui et le pays avaient besoin. Mais sa foi en elle était mal placée.

— Je l'ai poussé hors de sa zone de confort, dit Claudia.

— Sa zone de confort semble assez limitée. Peut-être est-ce une bonne chose.

— Tu ne sais même pas de qui je parle.

Ana haussa un sourcil avec un sourire en coin. D'accord, elle savait.

— Bien sûr, si tu n'es pas enceinte, le problème ne se pose pas, continua Ana. C'est peut-être juste une gastro-entérite. Dois-je t'envoyer le médecin du palais ?

Claudia soupira. Pourquoi pas ?

— Oui, s'il te plaît. Qu'on soit fixés une bonne fois pour toutes.

7

Tomas entra dans Aergoveny avec ses trois chevaux, trois faucons et une cage à pigeons vide. Son arrivée dans le petit village de montagne ne passa pas inaperçue. Rien d'étonnant à cela : l'apparition d'un étranger dans ces lieux isolés suscitait toujours une certaine méfiance. Le silence lorsqu'il mit pied à terre devant l'unique taverne l'inquiéta moins que sa propre odeur après des semaines de vie rudimentaire dans la nature, où son hygiène s'était résumée à quelques toilettes sommaires dans des ruisseaux quasi gelés. Il avait deux jours pour redevenir présentable avant l'arrivée de Claudia. Devait-il prendre une chambre à l'auberge ? Ou continuer son chemin jusqu'au manoir désormais sien ? Dans un cas comme dans l'autre, la bienséance lui dictait de se présenter aux villageois, puisqu'ils seraient bientôt ses nouveaux voisins.

Une adolescente maigre et nerveuse se précipita pour l'accueillir, en se débarrassant de son tablier en chemin.

— Vous êtes le fauconnier du roi, lança-t-elle sans préambule. Nous nous demandions quand vous arriveriez. Une chambre a été réservée pour vous il y a deux jours sur ordre de la princesse royale. On nous a dit que vous auriez besoin d'un bain et d'un barbier. Et aussi que vous feriez cette tête. Laissez-moi prendre vos chevaux. Il y a une écurie à l'arrière avec du foin et du grain.

Elle regarda les faucons avec envie.

— Je peux m'occuper de vos oiseaux aussi.

— Non, je les prends dans la chambre avec moi.

— C'est sans doute préférable. J'ai sauvé un faucon femelle une fois, raconta la jeune fille. Elle s'était retrouvée enfermée dans l'écurie et les chats la pourchassaient. La pauvre était si épuisée que je n'ai eu aucun mal à l'attraper.

Les gens adoraient lui confier leurs histoires de faucon. C'était le rôle du fauconnier du roi de les écouter et leur donner des conseils.

— Qu'avez-vous fait ensuite ? demanda-t-il.

— Je l'ai emmenée à l'intérieur pour l'examiner. Elle n'avait aucune blessure, mais refusait de manger. Mon père a dit qu'elle avait dû se nourrir de souris.

Tomas la suivit avec ses animaux. L'écurie était propre et il y faisait bon. L'adolescente attacha un des chevaux de bât à une longe fixée à un anneau et entreprit de le décharger.

— Vous pouvez utiliser ces trois stalles. Elles ont été préparées pour vous.

Satisfait de voir qu'elle savait ce qu'elle faisait, il l'aida avec le déchargement.

— Qu'est-il arrivé à la femelle faucon ? s'enquit-il.

— Nous l'avons gardée une nuit, le temps qu'elle recouvre ses forces, puis relâchée.

— Pourquoi ne pas l'avoir adoptée ?

— J'aurais adoré ! Mais elle était déjà adulte, trop sauvage et habituée à sa liberté. Ce n'aurait pas été juste. Au fait, je suis Caitlin, se présenta-t-elle. Fille de Bain, et future épouse de Balo. Ne lui dites rien, il n'est pas encore au courant.

Tomas réprima un rire. Pauvre Balo !

— Tomas.

— Je le savais ! s'exclama Caitlin. Qui d'autre pouviez-vous être ? La femme au téléphone vous a décrit à la perfection.

Claudia ? Non, ce n'était sûrement pas elle. Elle avait des assistants pour ce genre de chose.

— « Un géant hirsute et renfrogné, avec des yeux qui vous clouent sur place. Quand il vous donne un ordre, vous l'exécutez sans réfléchir. » C'est ce qu'elle a dit.

— A-t-elle donné son nom ?

— Non.

Lor, peut-être, s'amusant à ses dépens ?

— Vous avez fait ce qu'il fallait avec le faucon sauvage, conclut-il. Peut-être auriez-vous pu l'habituer à vous. Mais vous n'auriez jamais été sûre qu'elle revienne après l'avoir lâchée.

— Je sais, murmura Caitlin avec une note de regret. C'est aussi ce que mon père m'a dit.

Il n'en fallut pas plus pour décider Tomas.

— Je projette de former une demi-douzaine d'apprentis. Peut-être plus. Les entretiens commencent demain.

— Waouh ! Balo va être dans les starting-blocks !

— Pourquoi pas vous ?

Ses yeux s'écarquillèrent. Mais la lueur excitée dans ses prunelles s'évanouit aussi vite qu'elle était venue.

— Je travaille pour mon père. Il a besoin de moi à l'auberge.

Elle posa le bât sur une table avant de revenir vers le cheval.

— Mais ne vous inquiétez pas. Ce ne sont pas les candidats qui manqueront. Y a-t-il une limite d'âge ?

— Pas d'enfants. Cela dit, je compte donner des cours de fauconnerie pour les plus jeunes une fois le manoir en état.

Il avait lancé l'idée sur une impulsion. Prendre des initiatives et improviser lui plaisait. Tout cela parce que Claudia l'avait mis au défi d'élargir ses horizons et suivre ses émotions. Eh bien, c'était ce qu'il faisait.

— Aurez-vous aussi besoin de personnel de maison ? demanda Caitlin.

— J'y réfléchis.

Il prendrait sa décision après avoir vu le manoir. Peut-être pourrait-il l'ouvrir au public certains jours afin d'assurer un revenu supplémentaire ? L'argent du prix constituait un capital de base solide. Mais il finirait par s'épuiser s'il ne trouvait pas d'autres moyens de financer les nombreux programmes qu'il rêvait de mettre en place.

— Je vais faire passer le message, offrit Caitlin.

— Inutile. Je m'en charge.

La jeune fille fit la grimace.

— Quoi ? grogna-t-il.

— Vous savez ce qu'on dit de la première impression… Allez prendre un bain.

Le lendemain, Tomas commença les entretiens. L'occasion d'apprendre à connaître les habitants d'Aergoveny. Il avait prévenu Claudia de son arrivée par texto une fois son téléphone rechargé et reçu un pouce en l'air pour toute réponse. Son second texto l'informant de sa campagne de recrutement d'apprentis ne lui valut qu'un smiley, rien d'autre. Pour quelqu'un qui n'avait pas sa langue dans sa poche en personne ou par drone interposé, elle se montrait étonnamment laconique.

À 6 h 35 le matin de l'arrivée de Claudia, il reçut un message d'elle :

Tomas, je dois annuler. J'ai une horrible gastro. Voyager est hors de question.

Bon courage pour tes entretiens.

Il lui souhaita un bon rétablissement. Peut-être était-elle vraiment malade. Une soudaine crise de foie ? Des fruits de mer pas frais au dernier banquet royal ? Il lui accordait le bénéfice du doute.

Ravalant sa déception, il termina son petit déjeuner. Claudia, en tant que princesse royale, avait de nombreux engagements. Elle ne lui devait pas d'explication plus détaillée. Ni même un appel pour lui faire entendre sa voix. Ils n'en étaient qu'aux prémices d'un long voyage sans destination arrêtée. Elle ne lui devait rien du tout.

Le manoir d'Aergoveny le conforta dans son projet naissant d'y instaurer un refuge pour rapaces. Situé au cœur d'une vallée dérobée cernée de montagnes, il se dressait gris et morne, entouré de hauts remparts. Un nid vide, déserté depuis longtemps, mais recelant un tel potentiel ! Les ouvriers avaient assez bien avancé dans les travaux. À l'est se trouvaient le portail d'entrée ainsi que les écuries et les baraquements. À l'ouest, les volières. Au sud s'étendaient le jardin potager avec ses plates-bandes envahies de mauvaises herbes et le verger aux arbres fruitiers désolés, autrefois en espalier contre un mur protecteur. Le terrain idéal pour le travail en filière avec ses oiseaux.

Il le voyait déjà… Ce joyau oublié de la Couronne de Byzenmaach, futur centre d'élevage et de sauvegarde de rapaces, s'autofinançant grâce à des journées portes ouvertes et des festivals de reconstitutions historiques, ainsi que des programmes éducatifs pour les enfants l'été. Le reste de l'année, s'il souhaitait de la compagnie, il pourrait accueillir au manoir des équipes d'ornithologues ou de chercheurs en sciences de l'environnement. En attendant, il prit ses quartiers dans une chambre du rez-de-chaussée, non loin de la cuisine. Un jour, peut-être se sentirait-il assez chez lui pour s'installer dans la chambre principale. Mais chaque chose en son temps.

La semaine suivante, il la consacra à diriger la restauration des volières et commander du matériel. Silence radio de Claudia. Pas de nouvelles, bonnes nouvelles, se persuada-t-il. Il invita Lor, Silas et Ivan, son chef palefrenier de la forteresse d'hiver, afin d'avoir leur avis sur des questions de personnel et de maintenance, reconnaissant de leur soutien enthousiaste et leurs conseils avisés. S'ensuivirent quinze jours où il enchaîna les allers-retours entre la forteresse et son nouveau domaine, jonglant entre ses fonctions de fauconnier et la supervision des travaux d'Aergoveny.

Pour un homme si opposé à devenir baron, il s'investissait à cœur joie dans son nouveau rôle. Claudia avait raison : la liberté de réaliser ses propres projets était addictive. Dommage que la jeune femme ne soit jamais présente à la forteresse en même temps que lui. Une fois, il s'était enquis d'elle auprès de Lor. Cette dernière l'avait regardé d'un air étrange, avant d'expliquer que la princesse était retenue au palais par les négociations sur l'accès à l'eau. Une explication parfaitement plausible. Quelle raison aurait-il d'en douter ? Claudia était une figure politique importante et Lor ne lui faisait jamais de cachotteries.

Alors d'où venait ce sentiment tenace que quelque chose clochait ?

Lorsque l'hélicoptère royal se posa à la forteresse dans l'après-midi, Tomas se réjouit de cette chance de revoir Claudia. Mais seules Ana et Sophia an descendirent. Il regagna les volières d'une humeur massacrante. Ses apprentis se virent rassembler et ordonner de lui écrire une réponse de deux pages à l'idée d'une rotation de l'équipe entre la forteresse et Aergoveny, un ou deux membres à la fois, tandis que lui-même continuerait à se déplacer entre les deux sites. Il avait besoin de gens de confiance aux deux endroits, pour assurer la continuité des soins aux oiseaux et l'avertir en cas de problème. Sur ses quatre apprentis, deux avaient une famille. Personne ne serait pénalisé en cas de refus, ni ne perdrait sa place, assura-t-il. Il fallait y voir une simple opportunité d'exprimer leur intérêt ou leur désaccord. Tout ce qu'il souhaitait était connaître leurs situations respectives afin d'agir en conséquence.

Un long silence suivit cette annonce. Pas très encourageant.

Son apprenti le plus expérimenté, avec lui depuis quatre ans, prit la parole :

— Et vous ? Quels sont vos projets à long terme en tant que fauconnier du roi et seigneur de vos propres terres ?

— Je compte étendre le programme d'élevage de faucons royaux et ouvrir le manoir d'Aergoveny au public, répondit Tomas. Mon objectif est d'accueillir d'autres espèces en danger afin de les réintroduire dans des zones favorables à leur survie. Je veux faire d'Aergoveny un centre de recherches et d'échanges d'idées, car je suis loin de tout savoir.

Il considéra ses apprentis l'un après l'autre.

— Vous êtes tous encouragés à partir à l'issue de votre apprentissage. De belles opportunités vous attendent. Si je vous forme, c'est pour que vous réussissiez. Alors si votre rêve vous appelle à l'autre bout du monde, suivez-le.

Il le pensait.

— Mais sachez que deux places permanentes s'ouvrent dès à présent dans le cadre de mes projets futurs. Une ici, l'autre à Aergoveny. Elles pourraient s'élever à quatre dans les années à venir, avec quatre places en apprentissage ouvertes par an. Je dispose désormais d'un beau budget et d'un lieu idéal pour un refuge spécialisé dans les rapaces. Comptez sur moi pour en faire bon usage.

Nouveau silence. Des regards furent échangés, puis de grands sourires.

— Quoi que vous décidiez, j'en suis, déclara son apprenti de quatre ans. Je veux mettre la main à la pâte.

— Ce serait idiot de passer à côté d'une telle aubaine, renchérit son apprenti de trois ans. Je viens aussi.

— Moi aussi, intervint Bran, le benjamin de l'équipe. J'ai de la famille à Aergoveny. Cela me fera plaisir d'y retourner.

— Je l'accompagnerai.

Son dernier apprenti leur adressa un clin d'œil.

— Vous avez déjà vu sa cousine ? Elle est à tomber !

— Elle vit à la capitale, Roméo, le rembarra Bran.

— Mais quand elle rendra visite à sa famille, je serai là. Apprenti du fauconnier du roi, c'est la grande classe. Y a pas mieux pour impressionner les filles.

— C'est vrai que c'est un sacré avantage.

Bran bomba le torse. Il en usait avec succès depuis son arrivée à la forteresse.

Tomas ne cacha pas son amusement.

— Êtes-vous sûrs de tous vouloir me suivre ?

Il ne s'attendait pas à un tel soutien unanime. Était-ce toujours aussi facile de rallier les gens avec un projet défini et les ressources pour le réaliser ?

— Merci. Votre confiance m'honore.

Il avait hâte de voir ce qu'ils étaient capables d'accomplir tous ensemble, prêts à assumer davantage de responsabilités.

— J'aurai vos nouveaux contrats d'ici la fin de la semaine.

J'aimerais quand même avoir votre avis sur le planning de rotation. Incluez un paragraphe sur les aspects du projet qui vous motivent le plus sur le plan personnel. Autres qu'« avoir la grande classe », cela va sans dire.

Il souriait encore en fin d'après-midi, bien après le départ de ses apprentis. Alors qu'il procédait aux pesées tout en entrant les données dans son ordinateur, Sophia apparut à la porte, ses fidèles lévriers sur les talons. Elle leva le poing pour frapper, puis se ravisa en voyant le fauconneau sur le plateau de la balance. Frapper risquait de l'effrayer. Tomas applaudissait sa présence d'esprit. *Un autre futur fauconnier*, songea-t-il avec satisfaction.

— Approchez, mais laissez vos lévriers dehors.

Sophia obéit.

— Vous voulez la nourrir ? proposa-t-il en désignant l'eyas.

— Oh oui !

Il lui indiqua le seau à nourriture. La petite princesse avait les yeux de Claudia et la même affinité avec les animaux. Il avait beaucoup d'affection pour elle, même s'il avait mis du temps à s'habituer à sa présence. Au début, la croiser avait été comme voir un fantôme. Cas aussi avait été bouleversé par la ressemblance entre sa fille et sa sœur disparue. La réapparition de Claudia avait permis à Tomas d'enfin voir Sophia comme une personne à part entière. Ce n'était pas la faute de la fillette si son visage et ses manières ravivaient chez lui un flot de souvenirs de son enfance avec Claudia.

Mais il ferait mieux, cette fois. Ils feraient *tous* mieux. Au moins, Sophia savait que ses parents l'aimaient et étaient prêts à tout pour elle.

— Est-ce qu'elle pèse assez ? demanda-t-elle.

— Oui. Vous voyez la courbe qui augmente petit à petit sur le graphique ? C'est exactement ce qu'il faut.

— Quel âge a-t-elle ?

— Quatre semaines.

Il continua à répondre à ses questions tandis qu'elle l'aidait à peser les eyas. Il lui expliqua qu'il envisageait d'en confier un à une jeune aubergiste d'Aergoveny qui avait un don avec les animaux et les gens. Il voulait lui apprendre, à elle et beaucoup d'autres, l'art de la fauconnerie et l'expérience d'un vrai partenariat entre l'homme et l'oiseau.

— Moi aussi, je veux apprendre, déclara Sophia.

— Pour l'instant, vous apprenez d'autres choses utiles, répondit Tomas. N'avez-vous pas déjà un poney ? Et bientôt un chiot aussi ?

La fillette acquiesça.

— Montrez-moi comment vous vous occupez d'eux et dans quelques années, nous reparlerons de vous confier un fauconneau.

— Tante Claudia avait son propre faucon à sept ans. Et vous aussi. C'est elle qui me l'a dit.

— Voyez-vous cela...

— Elle dit que vous étiez le meilleur professeur au monde.

Ha !

— J'avais onze ans, à l'époque. Mon père était notre professeur à tous les deux. C'est plus amusant d'apprendre avec des amis.

Il espérait que ses apprentis lui donnent raison.

— Alors vous et tante Claudia étiez amis, conclut Sophia. C'est pour cela qu'elle ne veut pas vous piéger.

— Me piéger ?

— Avec un bébé.

Que diable racontait-elle ?

— Un *quoi ?*

— Le bébé de tante Claudia. Dans son ventre.

Son cerveau se mit en pause. Tomas pesa le dernier eyas et entra machinalement les données. Par miracle, ses mains ne tremblaient pas.

— Tante Claudia a un bébé dans son ventre ?

La fillette fit oui de la tête.

— Est-ce elle qui l'a dit ?

Il devrait avoir honte de cuisiner une enfant pour lui soutirer des informations. Mais la fin justifiait les moyens.

— Oui. Puis mon père a dit : « Il a besoin de savoir. » Et tante

Claudia a répondu : « Je refuse de le piéger alors qu'il est enfin libre. » Et mon père a dit : « C'est ton devoir de l'informer. » Et après, ils se sont mis à se disputer.

— Donc vous avez entendu la conversation sans y participer.

Sophia prit un air apeuré. Il n'avait pas haussé la voix. Mais elle devait percevoir sa tension.

— Je vais avoir des ennuis ?

— Pas avec moi.

Il s'accroupit devant elle.

— Mais sachez qu'il y a certaines règles qu'une princesse doit respecter. La première est de ne jamais répéter une conversation que vous avez entendue. Vous pourriez révéler des secrets sensibles aux mauvaises personnes.

— En effet.

Ana venait d'apparaître sur le seuil, la mine grave. Tomas se redressa et soutint son regard, les bras croisés sur son torse.

— Merci, Tomas. Je vous libère.

Elle tendit la main à sa fille.

— Viens prendre ton bain, Soph. Ton père ne va pas tarder. Il dîne avec nous ce soir.

Tomas n'avait pas lancé cette conversation. Mais il comptait bien obtenir le fin mot de l'histoire.

— La princesse royale se joint-elle à vous ?

— Avez-vous à lui parler ?

— À vous de me le dire.

Ana détourna les yeux.

— Les négociations ont porté leurs fruits. Elle et Ildris sont partis célébrer avec les clans du Nord, lui apprit-elle.

— Les chevaux d'Ildris sont toujours là.

— Ils ont pris l'hélicoptère. Le seigneur Ildris revient en début de semaine prochaine. Il a accepté un poste de consultant permanent au palais.

Tss. Il ne manquait plus que cela.

— La princesse compte séjourner dans le Nord une ou deux semaines de plus, précisa Ana. Les montagnes lui manquaient.

Tomas serra la mâchoire. Les montagnes lui manquaient ? Les montagnes étaient littéralement sur le pas de sa porte ! Cette forteresse même était bâtie à flanc de montagne !

— Allons-y, Soph.

Ana poussa sa fille hors de la pièce. Mais avant de la suivre, elle se tourna vers Tomas :

— Seigneur Sokolov, vous parlez le dialecte du Nord, n'est-ce pas ?

8

Il faisait froid dans le Nord. Claudia avait oublié la morsure cinglante du vent sur son visage. Les robes de bal et les bijoux du palais de son frère n'avaient pas leur place ici. Dans ces montagnes, personne ne la jugeait parce qu'elle était trop sûre d'elle. Trop incorruptible. Trop satisfaite de sa personne pour être d'une quelconque utilité à ceux qui voyaient dans le chantage un outil politique légitime, tant qu'il servait leurs intérêts. Ou peut-être lui accordait-on seulement un répit après le succès des négociations. Elle doutait de tout et tout le monde. Pourquoi pas des clans du Nord aussi ?

Seuls le médecin, Ana, Cas, Sophia, et sans doute Lor, savaient qu'elle était enceinte. Pour l'instant. Des rumeurs ne tarderaient pas à se répandre. Un groupe de puissants dignitaires de l'époque de son père appelaient déjà à son exclusion de la cour de Cas. Selon eux, elle était manipulée par les clans du Nord, qui avaient fait d'elle leur marionnette. Ils parlaient de maltraitance de la part de ses ravisseurs. Comme si ses parents n'étaient pas les vrais coupables. La justice leur était égale, à ces intrigants politiques avec leurs comptes en banque bien fournis. Ils la détruiraient à la première occasion si elle ne trouvait pas la force de leur tenir tête.

C'était le problème. Sa force, elle l'épuisait rien que pour se lever le matin et rester debout. Son esprit tournait au ralenti et son corps ne lui appartenait plus. Qu'y connaissait-elle en bébés et en maternité ? Sa propre mère avait sombré, réduite à l'ombre d'elle-même. Son prétendu père, le roi Leonidas, était un monstre. Son vrai père n'avait eu aucun scrupule à coucher avec la femme de son frère. Tu parles d'une famille !

Quant aux clans qui l'avaient kidnappée enfant, puis gardée par pitié, avec le vague projet de se servir d'elle plus tard, elle leur avait donné ce qu'ils voulaient, non ? Ils étaient quittes. Elle avait payé sa dette. Que pourraient-ils exiger de plus ? Qui sait s'ils voudraient même encore d'elle, maintenant qu'elle avait rempli son rôle. Mais elle n'avait nulle part ailleurs où aller. Personne pour la soutenir et la réconforter dans ce pétrin où elle s'était elle-même fourrée. Elle se sentait... perdue. Écartelée entre deux mondes.

Elle et Ildris avaient été accueillis en héros à leur arrivée. Une tente avait été installée pour elle, avec de chaudes fourrures et de la nourriture en abondance. Tous l'avaient serrée dans leurs bras en chantant ses louanges. Un festin avait lieu en ce moment même autour du feu de camp. Pourtant...

Elle ne se sentait plus à sa place ici. Elle ne souhaiterait pas cette dualité à son pire ennemi. Encore moins à sa fille. Quand avait-elle décidé que ce bébé qu'elle portait était une fille ? En réalité, elle n'en savait rien. Personne ne le savait.

— Claudia, tu es là ?

Cette voix... C'était celle de sa sœur adoptive depuis ses sept ans.

— Entre.

Alya apparut avec sa vitalité habituelle, en époussetant énergiquement la neige de son manteau.

— Pourquoi n'es-tu pas à la fête ? Tu es l'invitée d'honneur.

— Je dois être un peu fatiguée.

— Un peu ou beaucoup ? Allez, les gens veulent te voir, Claudia. Tu es notre héroïne !

— Je suis enceinte.

Voilà, c'était dit. Claudia ne se sentait pas plus légère pour autant. Au contraire, elle redoutait la réaction de sa sœur. Alya repoussa sa capuche. Le choc se lisait dans ses yeux bruns.

— Oh ! Donc on oublie l'alcool, ce soir.

— C'est mieux, en effet.

— Cela explique ta pâleur et tes traits tirés.

Et elle qui s'était maquillée pour essayer de se donner meilleure mine...

— Est-ce que, hum... je connais le père ? demanda Alya.

— Tu veux dire, est-ce que c'est Ildris ? Bien sûr que non.

— Parce qu'il est trop vieux pour toi ?

— Douze ans ne sont pas un si grand écart d'âge quand deux personnes s'aiment. Non, clarifia Claudia, je ne ressens rien de tel pour lui. C'est un ami et un allié, rien de plus. Il n'est pas au courant.

Ou peut-être en savait-il plus qu'elle ne le pensait. Ildris était un homme perspicace, mieux taillé qu'elle pour les intrigues politiques.

— Je... j'ai eu une aventure avec le fauconnier du roi.

— Tomas ? Ton protecteur quand vous étiez enfants ?

Alya avait été sa confidente en grandissant. Elle savait tout de lui.

— Que veux-tu ? Il s'est embelli avec le temps.

Alya enleva son manteau et s'assit auprès d'elle.

— Est-il au courant ?

— Non. C'est arrivé juste une fois. Tu me connais, je lui ai quasiment sauté dessus. Je ne suis même pas sûre qu'il en ait vraiment eu envie.

— Assez pour aller jusqu'au bout, pointa Alya.

— Je peux être très persuasive.

— Cela, c'est sûr, ou nous n'aurions rien à célébrer.

De l'extérieur de la tente leur parvenaient la musique et les rires de la fête.

— S'il avait le choix, je doute que ce soit le résultat qu'il voudrait, murmura Claudia.

Alya la regarda droit dans les yeux.

— Le choix est un luxe que tout le monde n'a pas, répondit-elle. Tu es bien placée pour le savoir.

— Je peux choisir de ne pas l'impliquer.

Une possibilité qu'elle envisageait sérieusement.

— Un *vrai* protecteur ne te laisserait pas te débrouiller seule, répliqua Alya. S'il pense être le père, il voudra être là pour le bébé. Et peut-être aussi pour toi. Ce choix est autant le sien que le tien.

— Tu penses que je devrais lui dire ?

Elle hocha la tête.

— Si tu veux le garder...

— Oui. Je la garde.

— « La » ? C'est une fille ?

— Seulement dans ma tête.

Claudia sentit les larmes lui monter aux yeux.

— Je n'aime pas mon rôle au palais. Les gens ont de moi cette image de princesse indestructible, ressuscitée d'entre les morts. Mais plus ils me connaîtront, plus ils réaliseront que je ne suis qu'un être humain, qui commet aussi des erreurs. C'est difficile de trouver ma place. Cas me veut à ses côtés, mais me demande de calmer le jeu avec mes revendications, le temps que mon retour soit vraiment accepté. Même mon hérédité est remise en question. Mon vrai père était sans doute l'homme que je prenais pour mon oncle, d'où l'indifférence de Leonidas à mon égard. Et maintenant, je me retrouve enceinte... Comme si ma position n'était pas déjà assez précaire. Dans l'état actuel des choses, comment pourrais-je être utile à qui que ce soit ?

— Calme-toi, Claudia. Tu peux rester ici, assura sa sœur. Nous serons heureux de t'avoir parmi nous.

— Qu'en sais-tu ? Peut-être préféreriez-vous vous débarrasser de moi, maintenant que je vous ai donné ce que vous vouliez.

— Quelle sottise ! protesta Alya avec véhémence. Ce sont les hormones qui parlent. Sors avec moi et tu verras que c'est faux. Tu nous as manqué, Claudia. Tout le monde t'aime, ici. Nous te sommes tellement reconnaissants de ce que tu as fait pour nous !

— Je me sens perdue, avoua Claudia. Je ne sais plus où aller, ni quoi faire.

Elle se faisait l'effet d'une boussole cassée dont l'aiguille tournait follement dans tous les sens. Alya la serra dans ses bras.

— Je suis là pour t'aider à retrouver ton chemin. Tu peux compter sur moi. Mais je te préviens, je suis une tata cool, pas une tata gâteau.

Claudia se raccrocha à sa sœur adoptive de toutes ses forces.

— Merci, souffla-t-elle.

— Ne me remercie pas si vite. Je risque d'être une très mauvaise influence. J'en ai, des histoires à raconter sur nos quatre cents coups ! À commencer par celle du vol de poneys...

— C'était un sauvetage, rectifia Claudia en souriant entre ses larmes.

— Et l'échange des œufs de chouette avec ceux de canard ?

— La pauvre chouette... Je compatis, aujourd'hui. Moi aussi, je ferais une drôle de tête si mon bébé se révélait être un caneton.

Alya l'étreignit une nouvelle fois.

— Couvre-toi et viens t'amuser un moment. C'est un nouveau départ pour nous tous. Cela se fête, non ? Et puis, tu pourras me regarder essayer d'attirer l'attention d'Ildris et échouer lamentablement. Ce sera comme au bon vieux temps.

— Il a accepté une position à la cour de Cas.

— Je sais.

La voix de sa sœur s'était empreinte de tristesse.

— Ce n'est pas la joie en ce moment. Mais nous ferons face, pas vrai ?

Oui, c'était l'état d'esprit qui l'avait toujours animée. Essayer, même au risque d'échouer. Être honnête, au moins avec elle-même.

— Je veux que Tomas soit avec moi par choix, pas à cause du bébé. J'ai peur d'accepter s'il propose de m'épouser. Alors je ne saurai jamais ce qu'il ressent vraiment pour moi.

— Je vois... C'est un casse-tête pour tous les deux. Mais quoi qu'il arrive, ce bébé a beaucoup de chance de t'avoir pour mère, affirma Alya. Tu es une guerrière et as tellement d'amour à donner ! Tu améliores la vie de tous ceux qui t'entourent. Sois fière de ton parcours. Tu finiras par trouver le bonheur, j'en suis certaine.

— Merci, dit Claudia. Je me sens mieux grâce à toi.

— Parce que je sais ce dont tu as besoin.

Elle glissa un bras autour du sien.

— Viens dehors. Laisse-nous te montrer combien on t'aime.

— Une heure, pas plus. Après, je rentre.

— Va pour une heure. Et demain matin, je t'apporte le petit déjeuner.

— Je ne déjeune plus.

L'inquiétude voila le regard de sa sœur.

— Tu dois bien manger quelque chose ?

— Un bouillon ou une soupe. Plus tard, vers 11 heures.

— As-tu vu une sage-femme ? Je parie que non. On ira demain.

— D'accord. Demain, céda Claudia en se relaxant un peu.

Demain était un autre jour. Peut-être les choses s'arrangeraient-elles ? L'espoir faisait vivre.

Claudia tint une heure, puis une autre. La bonne humeur pétillante d'Alya masquait son propre enthousiasme forcé. Ce n'était pas qu'elle n'était pas heureuse d'être là. Mais elle savait que sa vie d'avant n'était plus qu'un souvenir. Son statut au sein des clans du Nord avait changé. Elle était devenue une figure politique, soumise à la même pression ici qu'à la cour de son frère. Elle ne pouvait satisfaire tout le monde tout le temps. Alors qu'était-elle censée faire ? Qui voudrait encore d'elle ?

Une profonde déprime s'était enracinée en elle, qu'elle ne savait comment surmonter.

Autour d'elle, les festivités se poursuivaient. Assise entre Ildris et Alya, Claudia contemplait les flammes rougeoyant sous un ciel sans nuage. Un pâle croissant de lune luisait au milieu d'un million d'étoiles. Le feu lui réchauffait agréablement le visage et une tente douillette l'attendait pour la nuit. Pourquoi ne pas simplement profiter ? Savourer l'instant présent. Être reconnaissante de chaque petit moment de grâce, comme avant.

Perdue dans ses pensées, elle ne comprit pas tout de suite pourquoi Ildris s'était levé d'un bond. Un homme s'avançait vers eux, grand et robuste, en pantalon et bottes de travail, emmitouflé dans un manteau d'hiver aux épaisses manchettes en cuir…

Tomas.

Les flammes dansantes accentuaient ses traits taillés à la serpe. Ses yeux étaient réduits à deux fentes sombres, et pas à cause de la fumée. Tomas avait une dent contre Ildris. Ce n'était pas nouveau. Mais il s'en cachait mieux, d'habitude. Une aura d'hostilité vibrait autour de lui, qui redoubla lorsqu'il la vit. Peut-être Ildris n'était-il pas le problème, tout compte fait.

— Bienvenue, seigneur Sokolov, lança Ildris. Qu'est-ce qui vous amène parmi nous ?

— Je viens chercher ce qui est mien, gronda Tomas. Si vous objectez, sachez que je vous considère déjà comme mon ennemi. Mes griefs s'accumulent de longue date.

Ildris croisa les bras sur son torse en soutenant son regard. Claudia se leva précipitamment pour s'interposer entre les deux hommes.

— As-tu perdu la tête ? s'écria-t-elle.

— Je te retourne la question.

L'instant d'après, elle décollait du sol pour se retrouver tête en bas et fesses en l'air, jetée sur son épaule. Il fit demi-tour à grandes enjambées, fendant la foule qui s'écartait spontanément sur son passage.

— Est-ce un kidnapping ?

— Oui. Tu devrais avoir l'habitude. Ou peut-être suis-je en train de te sauver la vie, qui sait ?

— Tu ne peux pas m'enlever comme cela, objecta-t-elle. Tu es tout seul. Les hommes du clan vont t'arrêter.

— Qu'ils essaient.

Il émit un sifflement strident, le signal pour rappeler un rapace en vol. Peu après, un aigle royal majestueux se posait sur son avant-bras tendu.

Claudia leva les yeux.

— Mon Dieu, elle est magnifique ! Où l'avais-tu cachée ?

Il avait les deux mains prises. Rien ne l'empêchait de fouiller dans la poche avant de son pantalon, où elle était certaine de trouver un morceau de viande séchée. Ses doigts rencontrèrent là un relief familier...

— Pas celui-là. J'y tiens.

Un homme avec le sens de l'humour. Claudia retira sa main, non sans effleurer délibérément sa délectable anatomie. Elle trouva le morceau de viande cherché dans la poche de son manteau et le tendit à l'aigle, en priant pour que le ballottement combiné à sa position peu orthodoxe ne lui fasse pas perdre un doigt.

— Comment s'appelle-t-elle ?

— Cela ne te regarde pas.

— Claudia !

Alya arrivait à leur hauteur, obligée de courir pour les rattraper.

— Que se passe-t-il ? demanda-t-elle en penchant la tête pour lui parler.

— Simple kidnapping, répondit Claudia en toute décontraction.

Tomas n'avait pas ralenti d'un pouce.

— Alya, je te présente Tomas. Tomas, Alya.

Mais ni l'un ni l'autre ne semblait intéressé par ces présentations officielles. Alya la scrutait d'un air inquiet.

— Tu es *d'accord* pour être kidnappée ?

— Disons que je ne suis pas contre.

L'aigle s'empara du morceau de viande. Ses doigts restèrent intacts.

— Si tu as besoin d'aide, je suis là, dit Alya. Son entrejambe est à découvert. Peu importe si l'aigle m'arrache les yeux. Je le ferai.

— Merci. J'apprécie l'offre. Mais tout va bien, assura Claudia.

Tomas émit un son de pure frustration qui fit sursauter Alya.

— Tu sais quoi ? J'accepte d'être kidnappée. Ou sauvée. Ou invitée à dîner. Va savoir.

— Tu en es sûre ?

— Je vais te mettre une fessée si tu persistes à prendre la situation à la légère, l'avertit Tomas.

— Ha ! Avec quoi, ta troisième main ?

Il ralentit le pas. Ils étaient arrivés en bordure du campement, près d'un groupe de chevaux.

— Tu comptes aussi voler des chevaux ? *Là*, tu vas trop loin, le mit-elle en garde.

— Il ne faut pas exagérer, reconnut Alya.

— J'ai pris la Range Rover.

Il la déposa à terre, avant d'ouvrir la portière pour s'occuper de son aigle. Claudia serra sa sœur adoptive dans ses bras.

— Tout ira bien, lui souffla-t-elle à l'oreille.

— Il est canon, chuchota Alya.

— N'est-ce pas ? Bon courage avec Ildris. Personne ne l'a séduit à la capitale. Tu as toutes tes chances.

— Quand vous aurez fini de comploter la future génération de leaders...

Tomas s'approcha d'elles.

— Ravi de vous avoir rencontrée, Alya. Princesse, il est temps d'y aller.

Il ouvrit la portière côté passager et l'aida à monter, puis boucla lui-même sa ceinture. Avait-elle rêvé ou sa main s'était-elle attardée sur son ventre ? Savait-il pour le bébé ? Était-ce la raison de cette irruption théâtrale au campement pour revendiquer ce qui était sien ?

— Tomas...

— Pas maintenant.

Appelle-moi, mima Alya alors que la portière se refermait. Tomas s'installa au volant et démarra. Claudia sentit sa bravade retomber. Cinq minutes s'écoulèrent dans un silence total. Puis dix. Puis dix autres. Tomas semblait avoir épuisé sa verve dans sa petite démonstration de possessivité. Il ne se pressait pas pour s'expliquer.

— Pourquoi es-tu venu me chercher ?

Ses yeux restèrent rivés sur la route, mais ses mains se crispèrent sur le volant. La tension émanant de lui était contagieuse.

— Parce que tu as quelque chose à me dire.

Il était bien au courant.

— Qui a vendu la mèche ?

— Sophia.

Difficile d'en vouloir à une petite fille.

— Tu penses être le père ?

Il darda sur elle un regard assassin. Claudia renonça à cet angle d'attaque. De toute façon, tout le monde savait qui était l'objet de son affection.

— C'est un kidnapping de luxe, avec toi. La dernière fois, nous étions à cheval. Ma tête était couverte d'un sac et mes mains attachées.

— Il y a des couvertures et des oreillers sur le siège arrière.

Essayait-il de la faire culpabiliser ?

— J'aurais fini par te le dire...

— Trop aimable.

— Je n'essaie pas de me débarrasser du problème, si c'est ce qui t'inquiète.

— Ce n'est pas un problème, c'est un bébé.

Oh ! il pouvait être si cinglant quand il le voulait !

— Ce que je veux dire, c'est que ce n'était pas censé arriver. J'étais sous contraception. Du moins, je le croyais. Ce n'était pas délibéré.

C'était important qu'il le sache.

— Je...

Être honnête suffirait-il ? Pouvait-elle lui avouer qu'elle avait peur que ce bébé ne gâche leurs vies à tous les deux ?

— J'essaie d'imaginer ce que cela signifie pour l'avenir. J'avais besoin de temps pour m'habituer à l'idée.

Aucune réaction.

— Où allons-nous ? demanda-t-elle pour briser le silence.

— À la maison.

Elle eut un rire jaune

— Quelle maison ? Je suis une casse-pieds à la cour de mon frère. Un outil qui a rempli sa fonction pour les clans du Nord. Je ne suis chez moi nulle part.

— Je t'emmène au manoir, dit Tomas. Ce n'est ni chez toi ni vraiment chez moi. Mais cela peut devenir chez nous avec le temps.

Notre maison. Un refuge sûr, comme notre cachette secrète dans le rempart de la forteresse.

Oh ! les souvenirs que ravivaient ces mots ! Une promesse de sécurité était son talon d'Achille.

— Nous nous marierons à la première occasion, ajouta-t-il d'un ton bourru.

Ce n'était pas une question.

— Tu veux m'épouser ?

Il ne l'avait pas regardée en face une seule fois.

— Il y a un bébé en route. C'est la seule solution.

La décence lui dictait de faire ce qui était juste. C'était tout à son honneur. Mais ce n'était pas de l'amour. Or c'était d'amour dont elle avait besoin, presque autant que de sécurité.

— Pas vraiment, infirma-t-elle. Il y a d'autres façons d'être parents. Je comprends que la nouvelle ait été un choc pour toi. Mais si je n'ai pas envie de t'épouser ?

— Je crois que tu m'épouseras quand même. Notre enfant sera légitime et aimé, et je vous protégerai tous les deux. Tout opposant politique qui essaie de te discréditer devra essuyer mes foudres. Je suis du genre vindicatif, comme aristocrate.

Eh bien, présenté comme cela...

— C'est vrai que tu n'y vas pas par quatre chemins quand tu veux quelque chose.

Il eut un sourire pincé.

— Cela te surprend ?

— Non. J'aime bien.

— Une chance pour nous tous.

Elle tritura la bague à son doigt, un modèle Art déco serti de perles et de diamants issu de la collection royale. Portée par sa mère avant elle, elle symbolisait ses responsabilités de princesse. Claudia imagina son alliance à côté. Elle savait déjà quelle bague elle chérirait le plus.

— Est-ce que tu m'apprécies, au moins ?

La question lui avait échappé. Son cœur n'était pas censé exprimer ses doutes. Mais il avait besoin de réponses.

— Je veux dire… Ce serait un début, non ? Si nous nous marions, je prendrai mes vœux au sérieux et ferai mon possible pour que ce mariage fonctionne.

— Moi aussi.

— Je n'aurai pas d'autres amants.

— Tant mieux. Cela fera moins de cadavres à enterrer.

— Je n'arrive pas à savoir si tu es sérieux ou non…

Un sourire joua sur ses lèvres. Et quel sourire ! Franc et espiègle. Claudia fondit de l'intérieur.

— Alors ?

— Alors pourquoi m'embêter à creuser quand je peux donner les corps à manger à mes rapaces ?

— Le crime parfait. Dois-je m'inquiéter que tu aies tout prévu ?

— Absolument.

Ses doigts se relaxèrent sur le volant. Toute sa posture semblait moins rigide.

— Je plaisante. Mais je suis un homme possessif. Je ne partage pas. Quitte à écouter mes émotions, autant le faire bien. J'appelle cela l'effet Claudia.

Mon Dieu, comme elle adorait cette nouvelle facette plus accessible de lui !

— Donc c'est un vrai mariage que tu proposes ? Pas un mariage platonique de façade ?

— Exact.

— Et quand je devrai obéir à mon frère et remplir mon devoir de princesse du peuple ?

— Est-ce ce que tu veux ? Être au service de ton frère et du peuple ? questionna Tomas. Si tu veux mon avis, tu leur accordes trop de disponibilité. Avec le bébé qui arrive, n'es-tu pas tentée de revoir tes priorités et consacrer plus de temps à notre futur foyer ?

— *Notre* foyer ?

— Oui, à Aergoveny.

Claudia reprenait espoir. Ce kidnapping avec mariage à la clé commençait à lui plaire.

— Il paraît que c'est très intense de se réconcilier sur l'oreiller. On devrait essayer.

— Je suis sûr que cela arrivera.

— Pas trop souvent quand même, se hâta-t-elle d'ajouter. Le sexe avec toi est déjà intense. J'aime ça.

Si elle utilisait le mot « aimer » assez souvent, peut-être son subconscient finirait-il par l'intégrer et l'associer à elle. Elle ferma les yeux et le revit prendre le campement d'assaut comme s'il avait une armée derrière lui, sûr de sa force et de son bon droit.

— L'aigle royal était la touche en plus, murmura-t-elle, rattrapée par la fatigue.

Elle dormait mal depuis qu'elle se savait enceinte. Mais avec Tomas à ses côtés, elle se sentait sombrer dans les bras de Morphée en toute quiétude.

— Comment s'appelle-t-elle ?

— Alhena.

— Tu l'as nommée d'après une étoile ?

— Oui.

— Mes yeux se ferment tout seuls. Tu me réveilleras quand nous serons arrivés ?

— Entendu. Repose-toi.

Elle aimait sa voix. Sa présence. Elle aimait tout chez lui.

— Je n'aime pas me réveiller seule dans un lieu inconnu.

Comme après son premier kidnapping, vingt ans plus tôt. Elle se rappelait la terreur qui l'avait glacée à son réveil…

— Je serai là. Dors tranquille.

— Promets-le moi.

Elle avait à peine conscience de ce qu'elle disait. La fatigue lui embrumait l'esprit et lui faisait baisser sa garde.

— J'ai peur de t'avoir fait du tort, et que tu m'abandonnes quand tu t'en rendras compte.

— Je serai là. Promis.

Tomas gardait les yeux fixés devant lui. Lui aussi tombait de sommeil. Mais il transportait une charge inestimable. La plus précieuse de toutes. Jamais il n'avait été aussi sûr de lui. Peu importaient les disputes – et il y en aurait inévitablement. Il ne resterait pas les bras croisés, cette fois. C'était sa chance de se racheter auprès de Claudia et il comptait bien la saisir.

Claudia ouvrit à peine un œil lorsqu'il s'arrêta sur le bas-côté pour prendre l'oreiller et les couvertures et rendre sa position plus confortable. Était-ce un aperçu de ce qui l'attendait dans les prochains mois ? Allait-il constamment s'inquiéter de sa santé et celle du bébé et tout faire pour qu'elle se sente chez elle au manoir ?

Probablement.

Il appela Caitlin et réserva une chambre à l'auberge. Il commanda également un petit déjeuner pour deux en précisant qu'il arriverait dans la nuit et aurait besoin d'elle. Ce n'était pas dans ses habitudes, aussi paierait-il le double.

— Mon père a le sommeil léger, assura Caitlin. Aurez-vous des chevaux et des oiseaux avec vous ?

— Juste un aigle royal.

— Un aigle royal !

— Êtes-vous sûre de ne pas vouloir devenir mon apprentie ? lui demanda-t-il à nouveau.

— Faites-nous de la publicité, et mon père aura les moyens d'engager d'autres employés.

— Si l'ouverture du manoir au public est un succès, Aergoveny prospérera et l'auberge aussi.

— Il n'y a pas de mal à rêver, maître fauconnier. Le parking est près de l'entrée de l'écurie. Je dois y aller. C'est vendredi soir, les tables ne vont pas se nettoyer toutes seules.

Elle raccrocha avant qu'il ait pu la remercier.

Claudia remua au moment où il rangeait son téléphone.

— Qui était-ce ? murmura-t-elle.

— J'ai appelé l'auberge d'Aergoveny pour réserver une chambre.

— Mais avec qui parlais-tu ? Quelqu'un que tu connais ?

— L'aubergiste a une fille d'une quinzaine d'années, Caitlin, qui vaut trois employés à elle seule. Elle a un excellent instinct avec les oiseaux. Le meilleur que j'aie vu depuis... Eh bien, toi.

— Tu lui as proposé une place en apprentissage ?

Il hocha la tête.

— Elle avait l'air intéressée. Mais son père a trop besoin d'elle à l'auberge. Cela changera peut-être à l'avenir.

Il essaya de jauger l'état de Claudia après ses deux heures de sommeil.

— Comment te sens-tu ? Il y a de l'eau, si tu veux. Et des pâtisseries préparées par Lor.

— Pas maintenant. Je croyais que nous allions au manoir. Pourquoi l'auberge ?

— Je me suis rappelé que je n'avais que des haricots en boîte et du café amer, expliqua Tomas. À l'auberge, on te servira un petit déjeuner digne de ce nom.

— Ce n'était pas la peine, marmonna Claudia.

Elle écarta les cheveux de son visage et regarda par la vitre.

— On est encore loin ?

— On arrive dans une heure.

— Je dois appeler Cas. Ildris avait garanti ma sécurité quand nous sommes partis pour le Nord. J'ignore où sont mes gardes. Je ne voudrais pas déclencher un nouveau conflit.

— Appelle-le si tu veux, dit Tomas. Mais sache que tes gardes ne sont pas loin. Ils nous suivent depuis le début. Cas sait où tu es, même s'il ne sait pas pourquoi.

Il lui indiqua son téléphone.

— C'est mon numéro, alors ne t'attends pas à tomber directement sur lui.

— OK.

Casimir décrocha à la première sonnerie.

— Oh... On dirait que toi aussi, tu fais désormais partie des intimes du roi, remarqua Claudia.

Elle activa le haut-parleur.

— Cas, je suis avec Tomas.

— C'est ce que j'ai appris. Ildris dit que ton kidnapping a fait sensation.

— C'était plutôt réussi, convint Claudia. Nous arrivons bientôt à Aergoveny. Tomas, mon fiancé, nous a réservé une nuit à l'auberge avant de continuer vers le manoir.

— Alors tu lui as dit pour le bébé ?

— Disons qu'il l'a appris et j'ai confirmé. On s'est enfuis pour se marier en secret. Pense à tout l'argent qu'on va te faire économiser !

— Je vois.

La nouvelle n'avait pas l'air d'enchanter Cas.

— Tu es mal placé pour nous faire la morale, rappela Claudia.

— Passe-le-moi.

— Impossible, il conduit. C'est un homme responsable, au cas tu douterais que je sois entre de bonnes mains. Nous discutons de notre avenir. Une négociation délicate, tu t'en doutes. Peux-tu dire aux gardes de rester en retrait ?

— Tu ne serais pas dans cette voiture si ce n'était pas déjà fait.

— Merci. Tu es le meilleur des frères.

— Je suis aussi le roi. Alors enlève le haut-parleur et passe le téléphone à ton fiancé.

Elle hésita. Tomas sortit de la console une paire d'écouteurs qu'il lui tendit. Elle les lui rendit après les avoir réglés en mode privé et il les glissa dans ses oreilles en soupirant. Il savait qu'il avait dépassé les bornes. Que personne ne soit encore intervenu était la preuve de la confiance que lui vouait le roi. Il préférait que cela ne change pas.

— Votre Majesté.

— Audacieux, seigneur Sokolov.

— Pas le choix. Votre sœur tergiversait un peu trop.

— Ou elle vous manipule depuis le début, suggéra Cas.

— Peut-être.

Il n'excluait pas cette possibilité.

— Mais cela ne change rien. J'ai besoin d'une dispense spéciale pour la cérémonie. L'aubergiste est un officiant.

Il avait découvert cela lors de sa dernière visite.

— Le mariage peut avoir lieu ce soir si nécessaire.

— Hé ! protesta Claudia. Ce n'est pas *si* urgent.

— Demain, alors.

Et on le disait intraitable.

— Dimanche, négocia Claudia.

Dans deux jours.

— Votre sœur veut que nous nous mariions dimanche, relaya-t-il à Cas. Je propose demain soir.

Il jeta un regard en biais à Claudia.

— C'est mon dernier mot.

— Je vais voir si je peux libérer mon week-end, ironisa Cas.

— Toutes mes excuses, Votre Majesté. Je parlais à Claudia.

— Nous arriverons à votre auberge demain après-midi et aviserons, trancha Casimir. Ana vient aussi avec Sophia, Lor et Silas. Elle apporte des tenues pour tout le monde et se charge d'informer vos apprentis et votre chef palefrenier.

— Remerciez-la pour moi.

Que dire de plus ? Il se voyait accorder une latitude dont il n'aurait pas osé rêver.

— Rendez-la heureuse, Tomas. Elle le mérite. Ma sœur est une perle rare. Je ne m'en sépare pas de gaieté de cœur.

— Comptez sur moi.

— Elle représente le progrès. Plusieurs politiciens de la vieille garde de mon père veulent sa chute. Ils s'en prendront à vous aussi, l'avertit Cas. N'espérez plus faire profil bas. Vous serez trop proche du trône, désormais. Ils saliront votre réputation et saboteront tout ce que vous entreprendrez. Vous allez devoir apprendre les règles du jeu.

— Pas de problème.

— Dernière question… L'aimez-vous ?

Qu'est-ce que cela signifiait, aimer ? Elle l'attirait comme nulle autre femme. Il voulait passer du temps avec elle, rire avec elle, se disputer avec elle. Être cette personne sur qui elle s'appuyait dans les coups durs. Il voulait la voir bercer leur enfant. Lui apprendre le nom des étoiles et des montagnes. Il mourrait plutôt que de laisser le moindre mal lui arriver. Aussi confus que soient ses sentiments, ils étaient fixés sur *elle*. Claudia.

— Je crois, murmura-t-il. Laissons du temps au temps.

9

L'auberge rustique avait plu à Tomas lors de sa première visite. Bain, l'aubergiste, les accueillit à la porte. Il n'eut qu'un bref regard pour Claudia emmitouflée dans son manteau de voyage, plus intéressé par l'aigle tandis qu'il les guidait jusqu'à la même chambre que Tomas avait occupée la fois précédente.

— Le feu est allumé et il y a des perchoirs pour vos oiseaux, annonça Bain. Caitlin et Balo les ont taillés eux-mêmes. Ils n'auraient pas mis plus de soin à fabriquer un trône.

Une évidente fierté perçait dans la voix de l'aubergiste.

Tomas transféra Alhena sur un des perchoirs et la déchaperonna pour lui permettre d'inspecter son nouvel environnement. Il lui remettrait son chaperon plus tard, au moment de l'attacher pour la nuit. Le bain au pied du perchoir était vide, mais l'attention louable.

Il s'adressa à l'aubergiste :

— Vous savez, si c'est de capitaux dont vous avez besoin pour remplacer Caitlin afin qu'elle réalise son rêve, j'en ai à revendre. Vous ne la perdrez jamais totalement. Elle vous aime et faire partie intégrante de ce lieu. Elle pourrait être mon apprentie la journée, seulement quatre jours par semaine si cela vous arrange, et revenir à l'auberge le soir.

— Est-ce elle qui vous a demandé cela ?

— Je l'ai encouragée à passer l'entretien. Elle a refusé en disant que vous aviez besoin d'elle ici.

— Tous les enfants ont des rêves de grandeur…

— En effet.

Claudia s'immisça dans la conversation.

— Vous devez être si fier que votre fille ait donné cette réponse à mon fiancé. Je le serais aussi. Même si c'est un peu triste, n'est-ce pas ?

Bain détourna les yeux. Claudia avait cet effet sur les gens quand elle choisissait d'être directe.

— Il y a du pain et du fromage sur la table, ainsi que de l'eau et du vin, marmonna-t-il. Du ragoût peut être réchauffé si besoin.

Claudia secoua la tête. Tomas répondit pour eux deux. Il avait faim, mais pas à ce point.

— Non, merci. Cela ira.

— Et pour le petit déjeuner ? En bas, comme la dernière fois ?

— Non, dans la chambre, intervint Claudia. S'il vous plaît.

L'aubergiste hocha la tête et se dirigea vers la porte.

— Une dernière chose... Nous projetons de nous marier demain, l'informa Tomas. Seriez-vous libre pour officier ?

Le vieil homme grisonnant se retourna sans même sourciller.

— J'ai besoin d'un délai de deux semaines pour que les papiers soient en ordre. C'est la loi.

— Dans notre cas, ce ne sera pas nécessaire.

— Je n'ai jamais entendu parler d'un tel cas de figure.

— Faites-moi confiance, assura Tomas.

Après tout, il avait le roi dans sa poche.

— Dans ce cas, seigneur Sokolov, je suis libre.

C'est le moment que choisit Claudia pour baisser la capuche dissimulant son visage. À moins d'avoir vécu dans une grotte ces derniers mois, Bain devait savoir qui elle était.

— Merci, aubergiste. Je n'ai pas saisi votre nom...

— Bain, Madame... Votre Altesse... Princesse royale ?

Claudia sourit.

— Je vous écrirai mon nom complet pour demain. Le sien aussi, ajouta-t-elle en désignant Tomas du menton.

Bain s'inclina.

— Merci, Princesse. Je vais vous chercher du meilleur vin.

— Inutile, dit Tomas. Au fait, un groupe de gardes ne va pas tarder à arriver. Ils se posteront tout autour de l'auberge cette nuit. Peut-être devriez-vous prévenir les gens.

Bain tira de sa poche un trousseau de clés à l'ancienne.

— Je mets de ce pas une *seconde* chambre à votre disposition.

Le sous-entendu n'échappa pas à Claudia.

— Merci. Le service ici est irréprochable.

— Il aurait été encore meilleur si nous avions su que vous veniez, répondit l'aubergiste. D'autres invités sont-ils attendus à la cérémonie de demain ?

— Oui. Nous comptons sur votre discrétion.

Bain absorba l'information, avant de passer une main sur son visage ridé.

— Ma discrétion vous est tout acquise, Princesse.

Il quitta la chambre en fermant la porte derrière lui.

— Nous devrions nous marier ici, à l'auberge, dit Claudia.

— C'est plus une taverne qu'une auberge.

Elle n'avait pas encore vu le bar en bas.

— Et maintenant, une salle de mariage, décréta la jeune femme.

Tomas ne put réprimer un sourire.

Claudia s'assit à table. Elle déballa le fromage enveloppé dans un carré de tissu et en coupa un morceau qu'elle goûta.

— On dirait du cheddar. Parfait. Ce sont les fromages à pâte molle qui sont interdits aux femmes enceintes.

Elle retira son manteau et le drapa sur le dossier de sa chaise, puis commença à manger, tout en examinant la pièce des yeux.

— C'est une chambre agréable, commenta-t-elle. Pas autant que ma tente, mais elle fera l'affaire.

Claudia n'avait pas toujours vécu comme une princesse. Elle prenait souvent ses repas dans la cuisine de Lor à la forteresse. Tomas se raccrochait à cela pour ne pas devenir fou à l'idée de ne rien avoir à lui offrir qui puisse la satisfaire.

— Je suis un homme ordinaire, Claudia. Tu le sais, n'est-ce pas ?

— Pas si ordinaire que cela.

— Ce que je veux dire, c'est que le faste ne m'intéresse pas. Je préfère une vie simple. Je ne suis pas certain que cela te convienne.

Elle prit le temps d'avaler sa dernière bouchée et haussa un sourcil.

— Parce que je suis une princesse, et que les princesses mènent grand train ?

— Oui.

Il parlait comme le garçon de onze ans qui affirmait que les princesses ne pouvaient pas devenir fauconnières. Il avait eu tort là-dessus. Peut-être se trompait-il encore ?

— Est-ce que je me complais dans le luxe à la forteresse ? demanda-t-elle. Est-ce que je passe mon temps à redécorer les pièces et donner des dîners mondains ? Non. Je mange dans la cuisine de Lor aussi souvent que toi.

— Et ta garde-robe ? persista Tomas.

Une princesse devait tenir un certain standing.

— Toutes mes dépenses protocolaires sont couvertes par la Couronne, répondit Claudia. Il y a ma garde-robe de fonction et celle de tous les jours. Comment suis-je habillée quand je te rejoins dans les volières ?

— Simplement.

Il devait bien l'admettre.

— Et attends de me voir en pleine nausée matinale… Pourquoi crois-tu que je me gave de fromage maintenant ? Je suis une princesse pragmatique, Tomas. Tout ce dont j'ai besoin est là : un repas simple, un bon feu et un lit propre. Cesse de croire que nous ne partageons pas les mêmes valeurs, d'accord ?

— D'accord.

Tomas prit une grande inspiration. Il avait choisi cette voie pour eux deux. À lui de croire assez en lui pour s'y tenir. Il enleva son manteau, enhardi par le regard de Claudia glissant le long de son pantalon ajusté. Sa chemise en coton était simple, mais flatteuse, à en juger par l'étincelle dans les yeux de la jeune femme lorsqu'il l'ôta.

— Nous n'avons pas de pyjamas, remarqua-t-il.

Claudia arqua un sourcil.

— Tu dois bien avoir une chemise de rechange, non ?

Ce qui l'obligerait à retourner chercher son sac dans la voiture. Trop loin.

— Non.

— Dans ce cas…

Elle ôta ses chaussures et ses chaussettes, qu'elle rangea avec soin sous sa chaise. Puis ce fut au tour de sa blouse brodée, suivie par son pantalon. Il ne détourna pas les yeux lorsqu'elle se dirigea d'une démarche chaloupée vers la salle de bains.

— Je crois qu'Alhena devrait dormir dans l'autre chambre, pas toi ? Nous ne voudrions pas la déranger.

— Je m'en occupe.

— Tu prends une douche aussi ?

— Avant de te rejoindre nu au lit ? Oui.

Elle le gratifia de son plus beau sourire.

— Parfait.

Resté seul, Tomas se passa une main sur le visage, comme Bain avant lui. Sa princesse était rusée. Depuis qu'il était allé la chercher dans le Nord, il n'avait pas une seule fois eu le dessus. Mais son cœur était sincère et sa décision prise. Ses talents d'amant avaient fait leur effet la dernière fois. Il tenait sa chance de revanche.

Il s'approcha de son aigle.

— Je t'emmène dans la chambre d'à côté, d'accord ? Et demain, je te présente Caitlin et Balo. Ils te plairont, tu verras.

Alhena se laissa faire sans protester. Il l'installa dans l'autre pièce et la détacha. Pour un oiseau d'attaque, elle était on ne peut plus placide. Cela faisait sept ans qu'elle était avec lui. Depuis trois ans, Tomas essayait de lui présenter différents mâles. Sans succès. Elle semblait leur préférer la compagnie des humains. À croire qu'elle avait oublié comment être un oiseau. À moins qu'elle ne soit extrêmement difficile ? Fermée à la possibilité d'autre chose ? Comme lui avant. Mais il avait changé. Demain, il se mariait, rien moins. Dès qu'il avait su pour le bébé, son instinct protecteur l'avait emporté : il devait être là pour les siens.

Tomas était entièrement nu lorsqu'il poussa la porte de la salle de bains. Claudia sourit et s'écarta pour le laisser entrer. Il se joignit à elle sous la douche, le corps en fusion. Leur futur commençait maintenant.

Claudia aimait que Tomas prenne le contrôle. Alors seulement elle s'autorisait à lâcher prise. Plus besoin de réfléchir ou avoir toujours un coup d'avance. Elle était en sécurité avec lui, libre de le suivre au bout du monde. Elle ferma les yeux lorsqu'elle sentit sa main s'enrouler sur sa nuque pour lui renverser la tête en arrière. Leur baiser s'approfondit. Elle redécouvrait le goût de ses lèvres et leur sensualité experte, excitée par sa volonté de laisser le plaisir les guider.

Il versa du gel douche dans ses mains et commença à la savonner. D'abord le bout des doigts, puis le V entre eux, puis les poignets. C'était si délicieusement érotique ! Il l'embrassa alors qu'il remontait le long de ses bras jusqu'à ses épaules, avant que ses mains ne viennent couvrir ses seins de mousse. Leurs pointes durcirent et Claudia frémit. Parce que lui seul allumait ce brasier en elle. Parce qu'il était *lui*. Son Tomas.

Il la plaqua dos contre lui et dirigea le jet sur sa poitrine et ses bras pour rincer le savon, puis baissa la pression. Ses caresses ciblées sous l'eau chaude ne mirent pas longtemps à la faire basculer dans l'orgasme.

— Tricheur, murmura-t-elle lorsqu'elle eut repris ses esprits.

— Je vais me rattraper.

Elle sortit de la salle de bains le temps qu'il se douche, en laissant son regard s'attarder sur son érection.

— C'est pour moi, n'est-ce pas ?

Il se caressa, les yeux chevillés aux siens.

— Oui.

— Ne sois pas trop long. Je serai sur le lit, à me tourner dans tous les sens pour trouver la meilleure position.

Il sourit. Le faire sourire était toujours une petite victoire.

— Sur le dos, mains sous l'oreiller.

Pas de problème.

— Et les jambes ?

— Écartées.

Évidemment.

Dans la chambre, elle se sécha et repoussa les couvertures. Ce serait dommage d'obstruer la vue.

Tomas la rejoignit peu après. Dieu que cet homme savait y faire ! Il était prodigue en caresses, aussi habile de ses mains que de sa langue. Quand il la pénétra enfin, elle plongea les doigts dans ses cheveux et déversa dans un baiser profond toute sa joie d'être avec lui, tous les espoirs qu'elle plaçait en eux.

— J'ai rêvé de toi, souffla-t-elle quand leurs bouches se détachèrent.

Un coup de reins vigoureux lui tira un gémissement de plaisir.

— Toutes les nuits depuis que je t'ai revu, je rêve que tu me fais l'amour et je me sens la plus chérie des femmes.

— Te sens-tu chérie, là, avec moi ?

Ses lèvres traçaient un sillon de feu dans son cou. Claudia était si proche de l'orgasme qu'elle entrevoyait déjà les étoiles.

— Oui.

Il roula sur le côté de manière que ce soit elle qui le chevauche. D'une impulsion des hanches, il s'enfonça jusqu'à la garde tout en stimulant son plaisir. Claudia ferma les yeux et rendit les armes.

— Ne t'arrête pas, hoqueta-t-elle. Chéris-moi encore.

Déjà, elle convulsait autour de lui, et lorsqu'elle prit sa main pour la poser sur son ventre, il s'abandonna avec elle.

Chaque matin était un calvaire. Même une nuit de passion et un fauconnier sexy endormi près d'elle n'y changeaient rien. Claudia se glissa hors du lit et ferma la porte de la salle de bains derrière elle. De quoi avait-elle l'air, penchée sur la cuvette, secouée de haut-le-cœur ? Elle leva la tête et vit son reflet dans le miroir.

Pâle et échevelé. Des traces marbraient son cou là où le menton de Tomas lui avait râpé la peau. Il ne portait pas la barbe, mais devait avoir besoin de se raser tous les jours. Bientôt, ce genre de petits détails n'aurait plus aucun secret pour elle. Elle toucha un mamelon rougi. Ses seins étaient ultra-sensibles en ce moment. Son futur mari en avait usé et abusé, pour son plus grand plaisir.

Futur mari et futur père. Le père de Claudia n'était pas quelqu'un de bien. Celui de Tomas, bien que très à cheval sur les règles, était patient, doux et protecteur. Tomas lui ressemblait. Il serait le père que tout enfant méritait. Sa main se posa sur son ventre. Le plus important était d'accueillir au mieux ce bébé et être une bonne épouse pour un homme respectable qui n'aurait jamais choisi de l'épouser en d'autres circonstances.

— Prends sur toi, murmura-t-elle à son reflet.

N'était-ce pas sa devise durant ses longues années d'exil ? Prendre sur elle. Faire en sorte que tout le monde y trouve son compte. Elle inspira profondément.

Allez, ma vieille. Tu n'as pas besoin d'être aimée pour être heureuse. Tant que tu peux être utile. C'est dans tes cordes, ça, pas vrai ? Ce qui est fait est fait, inutile de ruminer. Fais au mieux avec ce que tu as. Ne me déçois pas.

Claudia, l'enfant indésirable. La survivante qui, envers et contre tout, gardait espoir. Elle ferait face la tête haute. C'était qui elle était.

— Tout ira bien, énonça-t-elle tout haut.

Elle hocha la tête avec résolution. Et régurgita le contenu de son estomac.

Lorsqu'elle passa la tête par la porte, un feu pétillait dans la cheminée. Tomas était levé et habillé. Il la dévisagea d'un air soucieux.

— J'ai utilisé l'autre salle de bains. Comment te sens-tu ?

— Cela ira mieux dans l'après-midi, répondit-elle. Le matin est un mauvais moment à passer. Peux-tu me donner mes habits, s'il te plaît ?

Il se mouvait avec une étonnante souplesse pour un homme de sa carrure.

— Le petit déjeuner arrive, dit-il en lui tendant ses vêtements. J'ai commandé de tout.

— Eh bien, j'espère que tu as faim. Moi, je ne peux rien avaler sans renvoyer.

— Est-ce normal ?

— Il paraît.

— As-tu besoin d'autre chose ?

Par où commencer ? C'était le jour de son mariage, après tout.

— Je peux demander qu'on t'apporte tes affaires, proposa Tomas. Ou aller les chercher moi-même…

— Non ! Ne me laisse pas.

Elle ravala un nouveau haut-le-cœur.

— Je vais me débrouiller. Nous en avons discuté hier soir. Je sors dans une minute.

Elle s'habilla à la hâte, tressa ses cheveux et revint dans la chambre. Elle n'avait pas fait deux pas qu'on frappait à la porte.

— Petit déjeuner ! annonça une voix pétulante.

Katy… Catherine… Quel était son nom, déjà ?

Tomas alla ouvrir. L'adolescente entra d'un pas vif avec un plateau lourdement chargé.

— Mon père m'a dit de soigner la présentation. Il voulait que j'aille cueillir des fleurs. Mais allez trouver des roses dans la montagne à cette période de l'année, d'autant que…

Elle s'arrêta net en la voyant. Bouche bée. Passé son choc initial, elle tenta une révérence, toujours avec le plateau dans les mains. Celui-ci penchait si dangereusement que Tomas se précipita pour le lui prendre et le poser sur la table.

— Bonjour, Caitlin. Je vous présente ma fiancée.

— C'est la princesse royale ! s'exclama-t-elle.

— Et aussi ma fiancée.

Caitlin lui glissa un regard interrogateur et lissa nerveusement son tablier.

— Comment dois-je l'appeler ?

— « Votre Altesse royale » la première fois, puis « Madame » si vous la revoyez dans la même journée.

Cette explication simple et sans chichis parut rassurer l'adolescente. L'attitude de Tomas, ces dernières vingt-quatre heures, ravissait Claudia. Elle serait tombée folle amoureuse de lui si elle ne l'était pas déjà.

— Votre Altesse royale… Madame, prononça Caitlin en s'inclinant.

— Maintenant, redressez-vous, la guida Tomas.

Claudia aussi aurait voulu mettre la jeune fille à l'aise. Mais elle n'eut que le temps de hocher la tête avant que l'odeur de saucisse et de bacon l'oblige à filer à nouveau dans la salle de bains. Fichues nausées matinales ! Elle avait beau avoir l'estomac vide, les remontées acides continueraient jusqu'à lui brûler la gorge et la laisser complètement lessivée. Résignée, elle s'affala contre la cuvette, la tête posée sur un bras.

Une éternité plus tard, un gant de toilette humide apparut devant ses yeux. La main qui le tenait n'était pas celle de la jeune fille. Tomas s'agenouilla près d'elle et la transféra dans ses bras comme si elle ne pesait rien. Elle cala la tête sous son menton, trop embarrassée pour parler.

— J'ai fait renvoyer le petit déjeuner, dit-il.

— Merci. L'odeur…

— Je m'en suis douté.

— Elle va deviner que je suis enceinte.

— Est-ce quelque chose que tu préfères cacher ? questionna Tomas après un bref silence.

— Je ne sais pas.

Une part d'elle avait envie que tout le monde sache à présent que Tomas était au courant, afin de commencer à adapter sa vie en conséquence. Une autre savait que son image en prendrait un coup, ce qui se répercuterait sur celle de la famille royale. Sans oublier la réputation de Tomas et sa nouvelle position également à prendre en compte.

— Et toi ? Préfères-tu que je continue à cacher mon état en attendant que nous ayons été mariés quelque temps ?

— C'est un peu tard pour cela.

Qui aurait cru que le pragmatisme puisse être une qualité aussi séduisante ?

— Pas besoin de mentir, décréta Tomas. Faisons les choses à notre manière et construisons la meilleure vie possible pour nous et notre enfant. Quoi de plus normal que nous nous mariions avec un bébé en route ?

— Es-tu sûr que c'est ce que tu veux ?

Claudia était rattrapée par ses démons.

— Tu pourrais te sentir piégé et m'en vouloir...

— Je remercie le ciel de ma chance, dit-il pour la détromper. Je ferai tout pour être le meilleur père et le meilleur mari possible. Si tu m'estimes digne de toi, laisse-moi me battre pour nous. Je suis prêt. D'ailleurs, je ne suis pas le seul dont la vie a été chamboulée.

Une note d'incertitude s'insinua dans sa voix.

— La tienne aussi. Du jour au lendemain, tu te retrouves enceinte avec moi pour mari, que tu le veuilles ou non.

— Je suis prête, affirma-t-elle.

Son amour pour cet enfant à naître soulèverait des montagnes.

— C'est ce que je veux. Quiconque remet en question ta place à mes côtés aura affaire à moi. Qu'ils se tiennent à carreau !

— Tu ne fais pas très peur dans cet état.

Les battements du cœur de Tomas contre son oreille l'apaisaient. Elle ferma les yeux et se relaxa. Les gens croyaient qu'elle n'avait ni doutes ni angoisses. Même son frère la voyait comme une force de la nature indestructible. Claudia ployait sous le poids de sa légende, contrainte d'être à la hauteur.

— Tu sais, tu n'es pas le seul à douter. On me croit forte et indomptable car je milite pour changer les choses, quitte à me faire des ennemis, dit-elle, le visage enfoui dans sa chemise. Je sais me battre, mais aussi être patiente quand il le faut. Parfois, être cette personne me vient naturellement. D'autres fois, c'est de la pure bravade. J'ai besoin...

De toi.

— De quelqu'un à mes côtés qui me prête sa force quand la mienne me fait défaut, reformula-t-elle. Je peux relâcher la pression si je sais que tu es là pour nous protéger, notre enfant et moi. C'est une sécurité que je n'ai jamais eue avant.

— Je ne te décevrai pas, promit Tomas.

— Cette faiblesse n'est que passagère. Je serai bientôt forte à nouveau.

Mais en attendant, elle savourait ce répit, blottie dans la chaleur de son corps.

— C'est une force de savoir dire qu'on a besoin des autres, murmura-t-il. Je ne t'en respecte que davantage. Dis-le-moi autant de fois que tu veux. L'entendre me rassure.

Au moins, leurs doutes étaient compatibles. C'était déjà cela.

Un coup retentit à la porte.

— Madame ? Seigneur Tomas ? J'ai apporté du thé au citron et au gingembre. Je vous le laisse près de la porte.

— Dois-je lui dire de l'apporter ici ? demanda Tomas en lui massant doucement l'épaule.

Claudia acquiesça.

— Venez, Caitlin.

L'adolescente entra et s'agenouilla auprès d'eux.

— Ma mère ne jurait que par le thé citron-gingembre pour soulager l'estomac, expliqua-t-elle. Celui-ci vient de chez Mrs Lee, la grand-mère de Balo. Balo est mon futur mari, mais il ne le sait pas encore. Alors si vous pouviez garder cela pour vous... Moi aussi, je sais garder les secrets. On entend plein de choses ici. Mon père dit que tenir sa langue fait autant partie du métier d'aubergiste que de remplir les ventres.

Sa sincérité se reflétait dans ses yeux.

— Je comprends mieux pourquoi tu veux Caitlin comme apprentie, Tomas.

Claudia saisit un mug et avala une minuscule gorgée de thé avant de se pelotonner à nouveau contre lui.

— À ce propos...

Les yeux de Tomas brillèrent.

— Caitlin, il y a un aigle royal dans la chambre attenante et un gantelet sur le lit. Pourriez-vous l'emmener en bas et l'installer près du feu ? Elle est très sage. Aucune inquiétude à avoir.

— *Moi* ?

— Oui, vous. Nous aurons aussi besoin de plusieurs chambres supplémentaires pour nos invités de cet après-midi.

— Mon père m'a prévenue. Il veut que je leur donne les meilleures chambres. Mais vous les occupez déjà.

— Faites le ménage dans celle-ci et nous en prendrons une autre, dit Claudia. Mieux vaut mettre mon frère dans de bonnes dispositions. N'est-ce pas, Tomas ?

Les yeux de Caitlin s'agrandirent.

— Votre... Le *roi* ? Et la reine Ana ? Ici ? Aujourd'hui ?

— Pour notre mariage, précisa Tomas.

Elle eut une seconde d'hésitation, comme si elle n'était pas sûre qu'il soit sérieux, avant de se relever précipitamment.

— On dirait que votre père sait effectivement garder les secrets. N'oubliez pas mon aigle. Elle s'appelle Alhena.

Dix minutes plus tard, Claudia avait enfin quitté la salle de bains et sirotait tranquillement son thé dans un fauteuil devant la cheminée. Pour une femme se mariant le jour même, elle était plutôt détendue. Les détails lui passaient au-dessus de la tête. Tant qu'elle épousait la bonne personne. Tomas était justement au téléphone avec Ildris pour l'inviter – à contrecœur – au mariage. Elle sourit en l'entendant lui suggérer de venir avec Alya. Tous deux comptaient pour sa future femme et lui étaient redevables, rappela-t-il sans prendre de gants.

Peut-être apprendrait-il l'art de la diplomatie avec le temps... Ou peut-être pas. Et tant mieux. La diplomatie, c'était surfait. Elle préférait la franchise.

— Ils seront là en milieu d'après-midi, annonça-t-il en rangeant son portable dans sa poche. Je les ai prévenus qu'ils devraient sans doute partager une chambre.

— Bizarre... Caitlin a parlé de six chambres en tout. Une pour le roi et la reine, avec Sophia dans celle contiguë. Une pour Lor et Silas. Et une pour toi et moi. Cela fait quatre. Pourquoi Ildris et Alya devraient-ils partager une chambre ?

Un sourire joua sur les lèvres de Tomas.

— Je n'ai jamais dit que je savais compter.

Elle s'esclaffa. Cet homme diabolique était son futur.

Savoure ces instants de bonheur, Claudia. Ce sont eux qui te feront tenir.

10

La nervosité de Tomas monta en flèche lorsque arrivèrent Cas et sa suite dans deux hélicoptères royaux. Il l'aurait noyé dans un verre ou deux sans la présence de Rudolpho et Ivan, son chef palefrenier. Il connaissait les deux hommes de longue date. C'était un plaisir et un réconfort de les voir. La grand-mère de Balo, chargée des arrangements floraux, ne perdit pas de temps à agrafer à leurs chemises un joli brin de bruyère et de thym en fleur.

La nouvelle du mariage se répandit comme une traînée de poudre avec l'arrivée de la famille royale. Oubliée, la cérémonie intime à la sauvette. Les habitants d'Aergoveny semblaient déterminés à rendre hommage à leur roi, et surtout à leur nouveau seigneur, en faisant de ce mariage un événement inoubliable.

Tomas et ses compagnons furent poussés dehors, vers les feux de camp autour desquels s'étaient rassemblés les hommes du village. La musique battait son plein et certains avaient commencé à danser. Les femmes accouraient à l'auberge, les bras chargés de fleurs sauvages et de paniers de nourriture. Tous échangeaient des sourires et des regards satisfaits. L'ambiance était à la fête.

Rudolpho et le maire du village avaient formé une alliance afin que Tomas rencontre un maximum de monde avant la cérémonie. Ivan rassembla les jeunes gens et les encouragea à lui amener leurs plus beaux étalons pour inspection. Le cadeau de mariage du roi au village incluait un an d'accès aux lignées des chevaux de course royaux, leur apprit-il, transformant l'occasion en un paradis du commerce équestre.

— Ce mariage restera dans les annales, prédit le palefrenier.

— Mon père a grandi dans un village de montagne, confia Rudolpho à Tomas alors que les hommes enrôlés par les femmes aidaient à installer les tables et les soupières.

Tomas accepta avec gratitude une tasse de café noir servie par le petit-fils du maire. Certains commençaient à se présenter avec leurs faucons. Comment résister à la tentation ? Ni une ni deux, Tomas établit un parcours de vol pour un contre-la-montre. Le premier prix serait le choix d'un fauconneau parmi sa prochaine couvée.

Rudolpho, en conseiller habitué à tenir la bride aux rois dissipés, avisa Tomas de ne pas trop s'impliquer. C'était quand même le jour de son mariage. Bientôt, les femmes signalèrent que tout était prêt. Tomas mit de l'ordre dans sa tenue et rajusta le manteau bordé de fourrure qu'Ildris avait drapé sur ses épaules à un moment donné, puis se fraya un chemin jusqu'au centre du village où l'attendaient sa fiancée et sa famille.

Non, ce mariage n'avait plus rien d'intime. C'était devenu une célébration pour tous. Fleurs sauvages et branches de pin paraient la place, qui résonnait de chants joyeux. La foule tapait des mains et des pieds à un rythme entraînant. Tomas se sentit transporté par la liesse générale. Tout en guettant l'apparition de Claudia, il plaça ses mains en porte-voix et poussa haut et fort son cri de guerre.

Il n'avait même pas de présent à déposer aux pieds de sa fiancée. Il manquait vraiment à son devoir. Soudain, le temps se suspendit. La musique se fondit en un bruit. Claudia s'avançait, vêtue d'une simple robe blanche et d'un manteau semblable au sien, une tiare dans les cheveux. Elle souriait comme si elle avait attendu ce moment toute sa vie. Tomas prit la tête d'une armée de guerriers de tous âges prêts à le suivre au bout du monde. Il ignorait quand il était devenu leur chef, mais ensemble ils instillaient tout le poids de leurs chants et leurs traditions à cette cérémonie improvisée qui surpassait les mariages royaux les plus grandioses de l'histoire de Byzenmaach.

Alors qu'il rejoignait sa fiancée, Bain lui barra le passage, talons fermement plantés dans le sol. Ils s'affrontaient du regard, torse contre torse. L'aubergiste leva une main et le silence se fit dans l'assemblée.

— Princesse Claudia de Byzenmaach, est-ce lui ?

— C'est lui, déclara Claudia.

— Votre Majesté Casimir, roi de Byzenmaach, consentez-vous à remettre votre sœur bien-aimée, princesse du peuple, entre les mains de cet homme ?

— Puisqu'elle y tient, répondit Cas.

— Seigneur Ildris des clans du Nord, objectez-vous à ce que votre championne soit remise entre les mains de cet homme ?

— Je ne m'y risquerais pas, dit Ildris.

— Seigneur Sokolov, maître fauconnier du roi, êtes-vous digne de cette femme aimée de tous ? rugit Bain à pleins poumons.

Tomas comprit la raison de cette soudaine théâtralité lorsque l'armée d'hommes derrière lui brama à l'unisson un « oui ! » retentissant. Il leva une main pour ramener le silence. L'air était saturé d'attente. C'est alors que Lor s'avança. Tomas ignorait qu'elle devait jouer un rôle dans la cérémonie. Mais rien jusque-là ne s'était passé comme prévu. Son visage ridé affichait une expression sereine.

— Tomas Sokolov, j'étais présente à ta naissance. En ce jour spécial, je revendique le rôle de représentante de tes parents. T'y opposes-tu ?

— Non.

Peut-être aurait-il dû se renseigner sur le déroulement du mariage.

— Ta future femme se tient devant toi et nous tous réunis, poursuivit Lor. Comme le veut la coutume, nous allons maintenant procéder à l'examen de ton cœur.

Que voulait-elle ? Qu'il se l'arrache de la poitrine ? Son espérance de vie risquait de s'en trouver écourtée. De quoi réjouir Cas et Ildris. Cas souriait de toutes ses dents, tandis qu'Ildris affichait un petit air satisfait des plus exaspérants. Ni l'un ni l'autre ne semblait vouloir l'affranchir sur ce qui était attendu de lui. Ce qui ne lui laissait d'autre choix que de continuer à improviser.

— Je n'ai rien à cacher, déclara-t-il avec emphase.

Quoique préserver un semblant de mystère l'aurait arrangé en tant que seigneur d'Aergoveny.

— L'honorerez-vous ? questionna Bain.

— Oui.

Cette réponse était la sienne seule, mais portait la même force que les centaines de voix qui l'avaient prononcée avant lui.

— La chérirez-vous ?

— Plus que quiconque.

— La protégerez-vous ?

— De ma vie.

Lor sourit avec fierté. L'interrogatoire allait-il durer encore longtemps ?

— L'aimes-tu ?

Ses yeux l'imploraient de ne pas donner une réponse embarrassante comme « non » ou « qui sait ? » ou « l'avenir nous le dira ». Ce temps-là était révolu.

— Oui. Je l'aime et l'aimerai chaque seconde de chaque jour jusqu'à mon dernier souffle.

Et au-delà, si on le lui demandait.

Lor se tourna vers Claudia.

— Princesse Claudia de Byzenmaach, dame fauconnière du Nord, cet homme a prouvé qu'il était digne de vous. L'acceptez-vous ?

Claudia s'approcha de lui et promena un index le long de sa mâchoire. Elle fit pivoter sa tête d'un côté, puis de l'autre, comme si elle inspectait un cheval à acquérir, et semblait y prendre un malin plaisir. Elle tourna autour de lui d'un pas nonchalant. Mesura sa carrure du bout du doigt. Sa patience était mise à rude épreuve tandis que lui et toute son armée retenaient leur souffle. Pour finir, elle se planta devant lui.

— Oui, dit-elle d'une voix claire.

Un tonnerre d'applaudissements salua ce verdict. La noce pouvait vraiment commencer.

— Quand je pense que tu n'as eu aucun vœu à prononcer, grommela Tomas.

Leur chambre, la seconde plus confortable de l'auberge, était illuminée d'une multitude de bougies pour l'occasion. Claudia sourit, les cheveux lâchés, sa tiare abandonnée sur la table. L'air épuisée, mais comblée.

— Et moi qui me tenais là, prostré à tes pieds…

— Figurativement, précisa Claudia.

— À te faire offrande de ma vie…

— Sous peine d'être écharpé. J'ai bien aimé cette partie.

Ha ! Il avait toujours soupçonné son côté sanguinaire.

— Un simple « oui » aurait suffi.

— C'est toi qui voulais un mariage rural à Aergoveny, rappela-t-elle. Qui aurait deviné qu'ils t'érigeraient en emblème de masculinité pour la journée ? Cela t'a plu ?

Peut-être s'il avait su ce qu'il était censé faire…

— Tu les as admirablement représentés, assura-t-elle. J'ai compté trois nouveaux couples formés aujourd'hui.

— Caitlin a mis le grappin sur Balo ?

— Non. Mais son père connaît ses sentiments et Balo aussi. Les choses se feront en leur temps.

— Alya et Ildris ?

— Je les ai vus s'éclipser ensemble main dans la main.

— Ha !

Son regard se posa sur le ventre de Claudia.

— Comment te sens-tu ?

— Mariée.

— Tant mieux. C'est l'idée. Et le bébé ?

Elle ferma les yeux un instant.

— Mmh, je dirais qu'il va bien. Tu sais qu'on remet le couvert demain, avec encore plus de gâteau ? J'en ai peut-être abusé aujourd'hui. Le glaçage à la vanille était divin.

Où les habitants avaient-ils trouvé assez de boissons et de nourriture pour plusieurs centaines de personnes dans un délai aussi court ? Et les festivités qui se poursuivaient joyeusement dehors...

— Désolée que tu aies dû mentir sur tes sentiments. Je sais que tu ne m'aimes pas vraiment. Pas comme cela.

Elle avait de nouveau fermé les yeux, de sorte qu'elle ne vit pas sa réaction stupéfaite. Il ouvrit la bouche pour objecter. Certes, il avait été mis sur la sellette en public. Mais il n'avait pas menti. Il pensait chaque mot des vœux qu'il avait prononcés devant Dieu et le village entier. Comment n'avait-elle pas perçu sa sincérité ?

— Je...

Mais la voix de Claudia couvrit la sienne.

— Je veux que tu saches que je ferai de mon mieux pour que ce mariage fonctionne. Je ne te décevrai pas. Je saurai me rendre utile.

« Utile. » Elle se rendait « utile » à son frère. Elle s'était rendue « utile » à Ildris et ses semblables.

Pourquoi être utile comptait-il autant pour elle ? Rendre service aux autres était-il vraiment sa vocation dans la vie ? Ou juste un mécanisme de survie par défaut depuis trop longtemps ?

Il hésita à exprimer ce qu'il pensait, de peur de toucher une corde sensible.

— Tu veux toujours te rendre utile, commença-t-il avec prudence. Tu te plies en quatre pour les autres, en faisant passer leurs besoins avant les tiens. Ce n'est pas ce que j'attends de ce mariage. Tu n'existes pas dans le seul but d'être utilisée. Réfléchissons plutôt ensemble à quel avenir nous aspirons.

Claudia pressa ses paumes sur ses yeux comme si ces mots lui faisaient mal. Le cœur de Tomas saignait pour elle.

— Par exemple, tu as dit que tu ne te sentais chez toi nulle part. Penses-tu que notre priorité devrait être de fonder un foyer stable, où nous puissions être pleinement nous-mêmes ?

— Oui.

Un « oui » proche du sanglot, mais un « oui » quand même.

— Un manoir modeste dans les montagnes, vierge de tout souvenir, pourrait-il faire l'affaire ?

— Oui.

— C'est un nouveau départ, Claudia. Un bébé est en route. À nous de nous faire nos propres souvenirs, les plus heureux possibles. Peu importe comment nous sommes arrivés là. Veux-tu construire cet avenir avec moi, *pour* moi et, le plus important, pour *toi-même* ?

— Oui.

— Bien.

Il l'attira dans ses bras, et elle s'y blottit comme si elle ne voulait plus jamais les quitter.

— Ce n'est pas si mal, le mariage, conclut-il d'une voix bourrue. Toi et moi allons gérer comme des pros, tu verras.

11

Être marié n'avait pas changé grand-chose à sa vie, méditait Tomas quelques mois plus tard. Il savait depuis le début que Claudia ne serait jamais une femme au foyer guettant avec impatience le retour de son mari en fin de journée. Mais le temps qu'elle consacrait au service de la Couronne, aux différentes associations qu'elle parrainait, ainsi qu'à sa collaboration avec les clans du Nord, l'éloignait souvent d'Aergoveny.

Tomas était plus occupé que jamais lui aussi, entre ses allers-retours entre le manoir et la forteresse d'hiver, et les divers banquets et déjeuners officiels auxquels Casimir requérait sa présence auprès de Claudia. La nouvelle de son mariage bucolique avec la princesse n'avait en rien terni son blason. Au contraire, le peuple de Byzenmaach approuvait le choix de Claudia comme partenaire. Un enfant du pays, issu d'une longue lignée de fauconniers, photogénique à souhait sur les clichés publiés dans la presse, où il apparaissait grave et ténébreux avec son aigle sur le bras.

Il était le nouveau seigneur d'Aergoveny, et Aergoveny l'avait accepté. Casimir l'avait informé de son nouveau statut politique. Tomas avait très vite été plongé dans le grand bain, à l'occasion d'une réception particulièrement ennuyeuse, à laquelle assistaient certains dignitaires ayant lancé les rumeurs sur l'illégitimité de Claudia et son prétendu syndrome de Stockholm. Ils s'étaient mis à s'interroger tout haut, devant lui, sur le bébé de la princesse.

Peut-être s'estimaient-ils irréprochables ou justifiés dans leur campagne diffamatoire. Ou peut-être le croyaient-ils inoffensif ?

Grave erreur. Tomas avait évoqué, l'air de rien, une partie de chasse donnée par le roi à la forteresse d'hiver des années plus tôt. Certains d'entre eux n'étaient-ils pas présents ? Quelle ignominie, ces rumeurs sur les abus sexuels subis par le fils du duc de Laire. Le pauvre s'était suicidé peu de temps après. Une vraie tragédie. Quel dommage que personne n'ait eu le courage de tirer cette affaire au clair, n'est-ce pas ? Qui sait combien d'autres exactions avaient été commises en toute impunité sous le règne de Leonidas ?

Claudia parlait de chantage et d'intimidation. Tomas appelait cela faire la conversation.

Ils se retrouvaient au lit une ou deux fois par semaine. Toujours avec enthousiasme, il ne se plaignait pas. Mais au fil des mois, ses approches devenaient plus hésitantes. Il y avait un bébé dans l'équation. N'était-il pas censé faire attention ?

Chaque jour, il passait des heures à installer les nouvelles volières, pendant que Claudia naviguait entre les intrigues de la cour de son frère. Il y avait toujours une nouvelle crise requérant son attention. Tomas était partout et nulle part à la fois, constamment à jouer un rôle. Il n'y avait que dans la cuisine de Lor qu'il s'autorisait à être lui-même, les lévriers de Claudia allongés à ses pieds. Parfois, Ana et Sophia s'y réfugiaient aussi, loin des exigences de la cour, laissant Cas et Claudia discuter politique jusque tard dans la nuit.

Peut-être se serait-il satisfait de ce mariage de… comment avait-il été décrit ? De « deux caractères bien trempés »… s'il ne gardait pas le souvenir ce que pouvait être un mariage harmonieux. Ses parents lui avaient appris les échanges de regards complices. Les silences ne réclamant pas d'être comblés. Le thé du matin préparé avec amour et servi dans un mug favori. Ils lui avaient appris la beauté de ces souvenirs anodins créés au quotidien. Tomas se languissait de cela.

Son café du matin, lorsqu'il restait avec Claudia au palais, était un jus de chaussette tiède, servi sur un plateau d'argent à

7 heures précises. Pas plus tard que ce matin, il avait houspillé une domestique entrée dans la chambre au moment où il sortait de la douche. Sa présence l'avait pris de court. Il n'avait pas aimé son petit regard en coin.

— Étais-tu obligé de la congédier aussi sèchement ? l'avait sermonné Claudia.

— Était-elle obligée de venir changer les draps à six heures et demie du matin ? avait-il répliqué.

Il détestait perdre son calme, et plus encore se l'entendre reprocher. Qu'était devenu leur projet de se construire un nid douillet et plein de nouveaux souvenirs ensemble ? Ni lui ni Claudia ne tenaient leur promesse.

Lor posa un bol de bouillon de bœuf fumant devant lui. Il la remercia. Claudia ne saurait même pas que c'était *son* bol. Encore moins qu'il l'avait fabriqué lui-même à l'école et offert à sa mère pour son anniversaire. À quand remontait la dernière fois que Claudia avait posé un bol de quelque chose devant lui ? Jamais. Ce n'était jamais arrivé.

Lor, Ana et la petite Sophia en savaient plus sur lui que sa propre femme.

Il remua son bouillon, l'humeur morose. Voilà pourquoi laisser ses émotions régir sa vie était une mauvaise idée.

Sophia se hissa sur le tabouret à côté de lui et le dévisagea gravement.

— Est-ce qu'un des faucons est mort ?

— Non.

Pas qu'il sache. L'obsession de Sophia pour la mort était bien connue. Sans doute parce qu'on lui avait dit très jeune que son père et sa tante étaient tous les deux décédés, alors que ni l'un ni l'autre ne l'était.

— Alors avez-vous des ennuis ? Avez-vous fait une erreur ?

— Peut-être. Pourquoi me demandez-vous cela ?

— Vous êtes triste.

— Mais non.

Il leva une main, le pouce et l'index séparés d'un centimètre.

— D'accord, peut-être triste comme cela. Je pensais à ma mère, qui est décédée il y a longtemps. Je lui ai fabriqué ce bol quand j'avais à peu près ton âge. As-tu déjà appris à faire cela à l'école ?

La fillette secoua la tête.

— Mais j'aimerais bien, dit-elle.

— Cela viendra, lança Ana qui venait d'apparaître. Dis bonne nuit, Soph. C'est l'heure d'aller se coucher.

Ana et Sophia parties, Tomas se replongea dans son bouillon. Ce fut au tour de Lor de l'approcher.

— Es-tu heureux d'être bientôt père ? demanda-t-elle.

Toujours aussi perspicace. Un peu trop à son goût.

— J'aime bien les enfants. Sophia est adorable.

Ce qui ne répondait pas à la question.

— Mais élever un enfant de la famille royale et lui inculquer les mêmes valeurs que celles avec lesquelles j'ai grandi ne sera pas simple.

C'était la première fois qu'il exprimait cette inquiétude à voix haute.

— Comment apprend-on à quelqu'un ayant accès à un luxe illimité la valeur d'un bol biscornu ? Claudia possède-t-elle quoi que ce soit de sa mère autre que ses bijoux royaux ? J'en doute.

— Peut-être pas. Mais je crois qu'il faut plus voir Claudia comme une orpheline élevée par une famille d'accueil, répondit Lor. Elle ne montrera jamais qu'un objet compte pour elle, même si c'est le cas. Elle parle de certains faucons comme des siens, mais il n'y a aucune loyauté en retour. Elle le sait aussi bien que toi. Elle a un cheval auquel elle est très attachée. Mais c'est Ivan qui le monte et s'en occupe en ce moment à cause de sa grossesse. Restent ses fidèles lévriers...

Ils baissèrent tous les deux les yeux vers les deux chiens couchés aux pieds de Tomas. Il n'avait pas eu l'intention de les emmener. Mais les affaires de Claudia au palais l'accaparaient parfois pendant des jours. Avec lui, les chiens pouvaient se dégourdir les pattes.

Lor s'essuya les mains sur son tablier.

— A-t-elle mentionné leur défection en ta faveur ?

— J'ignorais que c'était une compétition.

Mais si Claudia le voyait de cette façon ?

— Je voulais juste aider.

— Oui, tu es prévenant et compétent. Tu amènes l'ordre et la sécurité partout où tu vas. Je parie que tes enfants t'idolâtreront, dit Lor en souriant. Être parent te viendra naturellement. C'est pourquoi tu dois faire attention. N'écarte pas ta femme si c'est plus difficile pour elle. Claudia a été de trop toute sa vie. Inclus-la. Fais en sorte qu'elle se sente essentielle à ton bonheur. Parle avec elle de ce que vous voulez fonder ensemble.

Elle soutint son regard.

— Vois-tu, il y a le monde des clans du Nord, où elle se sent redevable d'avoir été gardée en vie. Il y a le monde de son frère, où elle souffle un vent de changement et tient le rôle d'antagoniste pour que Cas soit vu comme un bon roi. Et il y a votre monde à vous. De ce que j'en vois, elle fait de son mieux pour te rendre heureux. Que tu disparaisses pendant des jours en la laissant assumer seule ses responsabilités n'arrange rien.

— C'est elle qui insiste, objecta Tomas. Elle m'encourage à prendre le temps nécessaire pour assumer les miennes.

— Dans une relation stable, on peut s'éloigner pour mieux se retrouver. Votre relation est-elle stable ? questionna Lor. Ou avez-vous encore beaucoup à apprendre l'un sur l'autre ? Comment y arriver si vous êtes séparés la plupart du temps ?

Lor énonçait une évidence, qui le faisait se sentir encore plus inapte dans son rôle de mari.

— Elle vient ici certains soirs quand tu n'es pas là et prend ton bol, continua-t-elle. Elle le traite avec le même soin que toi, même sans connaître son histoire. Elle sait que c'est le tien. Ce sont les petites choses, pas vrai ? Celles qui en disent le plus long sur qui nous sommes et ce qui compte vraiment pour nous.

— Je ne sais pas ce que je fais mal, mais mon mariage s'étiole, murmura Tomas. Comment rectifier le tir ?

Si quelqu'un pouvait le conseiller, c'était bien Lor.

— Claudia ne veut pas décevoir les gens et ils en profitent, dit-elle. Elle s'épuise à se rendre utile juste sous ton nez. Elle ne sait pas comment exprimer ses désirs et ses besoins, encore moins les satisfaire. Alors tape du poing, Tomas. Aide-la à se faire passer avant les autres.

Taper du poing... C'était dans ses cordes.

Deux jours plus tard, Tomas cherchait sa femme dans les piscines souterraines de la forteresse d'hiver. Il n'aimait pas ces cavernes creusées à même la montagne. Ni l'éclairage moderne remplaçant les flambeaux d'antan, ni les serviettes moelleuses et huiles parfumées à disposition ne le réconfortaient. Pour être honnête, cet endroit lui donnait la chair de poule. Il avait besoin de voir le ciel au-dessus de sa tête. Toute cette roche autour de lui le rendait claustrophobe. Mais d'après Silas, Claudia avait pris l'habitude de descendre se baigner ici l'après-midi. Alors il prit sur lui et continua d'avancer.

Il trouva Claudia assise sous la cascade, une serviette nouée autour d'elle, la tête penchée en avant afin que l'eau coule sur sa nuque et ses épaules. Le temps qu'il se déshabille, elle l'avait vu et s'était avancée à sa rencontre dans la partie peu profonde du bassin où étaient les marches. Elle semblait agréablement surprise de le voir.

— Je croyais que tu ne revenais pas avant deux jours, lança-t-elle.

— Lor m'a dit que ton rendez-vous avait été annulé. Alors j'ai confié au grand-père de Balo la supervision des apprentis jusqu'à lundi. On verra ce que cela donne. Déléguer n'est pas mon fort. Mais j'essaie de monter des équipes capables de tourner en mon absence.

— Il doit être vraiment bon pour que tu lui confies cette tâche.

— Il me rappelle mon grand-père.

Tomas s'assit près d'elle sur les marches, de l'eau jusqu'à la taille.

— Il a sa propre technique avec les aigles royaux. J'ai peut-être des choses à apprendre de lui. Cette baronnie est une mine d'or. T'ai-je remerciée de me l'avoir donnée ?

— Pas que je me souvienne.

Il captura ses lèvres dans un doux baiser, qui s'enfiévra très vite.

— Merci, susurra-t-il.

Son corps en feu la remerciait aussi.

— Je commence à bien aimer cet endroit, tout compte fait. Au fait, Bain a engagé un second à l'auberge. J'ai fait passer un entretien à Caitlin hier.

— Vraiment ?

Le visage de Claudia s'éclaira. Sa joie la rendait encore plus belle.

— Je l'ai prise comme apprentie sur-le-champ, ajouta Tomas. Des personnes clés à des postes clés peuvent changer le monde. Elle en fait partie et toi aussi.

Claudia sourit et se laissa aller contre lui. Ce simple geste lui réchauffa le cœur.

— J'aime bien quand tu fais cela. Ou quand ta main court sur mes épaules quand tu passes derrière moi, murmura-t-il, appliquant le conseil de Lor d'être plus ouvert.

C'était une chose qu'il s'efforçait d'apprendre, s'exprimer davantage au lieu d'attendre des autres qu'ils interprètent son langage non verbal.

— Et aussi quand je te gratte la nuque, dit Claudia en riant.

Il rit avec elle.

— C'est l'éducation que j'ai reçue. Mon père communiquait par les gestes plus que par les mots. Quand j'étais petit, il me portait sur ses épaules, raconta-t-il. Plus grand, je mettais tout mon cœur à l'ouvrage pour gagner une petite tape dans le dos. Ma mère, elle, me préparait mes plats favoris, qu'elle me servait dans mon bol préféré. Elle m'ébouriffait les cheveux en disant qu'elle y trouvait plus de brindilles que dans un nid d'oiseau.

— Donc le contact physique est ton langage de l'amour. Bon à savoir.

— Le tien est de donner de ta personne pour les autres. C'est inscrit dans tes gènes. C'est de cela que je voulais te parler.

Sa posture se fit défensive.

— Tu en fais trop pour les autres et pas assez pour nous.

Voilà, c'était dit. Claudia garda le silence. Il en profita pour s'immerger entièrement, avant de refaire surface en secouant ses cheveux trempés, qu'il plaqua en arrière. Son corps ne manquait jamais de faire son effet sur Claudia, pour son plus grand plaisir.

— Ils ont besoin de moi, dit-elle enfin.

— Ils ne peuvent pas t'avoir tout le temps. Moi et notre enfant avons plus besoin de toi.

Elle baissa les yeux, en traçant distraitement des huit sur l'eau du bout du doigt. Le geste créait des rides qui venaient laper gentiment sa peau.

— Enfant, j'essayais de me rendre aussi invisible que possible, reprit-elle. Si je m'effaçais, Cas n'aurait pas à me protéger et être battu à ma place. Me faire toute petite était un acte d'amour.

Entendre cela lui vrilla le cœur. Mais il aurait dû s'en douter. Il était bien placé pour savoir à quoi ressemblait son enfance à l'époque, même si elle n'était pas ainsi avec lui.

— Et dans le Nord, était-ce pareil ? demanda-t-il.

— Au début, oui. J'osais à peine respirer et me demandais ce que je deviendrais s'ils s'en allaient sans moi. Puis j'ai entendu les anciens dire que je serais plus utile une fois mon père décédé et Cas roi. Je me suis raccrochée à cet espoir. J'apprenais tout ce que je pouvais. Chaque fois qu'il y avait quelque chose à faire, je proposais mes services, juste pour être utile.

— Ils t'ont manipulée. Personne ne me persuadera du contraire, pesta Tomas. Ne crois-tu pas que tu as largement payé ta dette ?

— Je ne sais pas…

— Demande-leur ce qu'ils veulent de plus, insista-t-il. Dis-leur que ta famille est ta nouvelle priorité et délègue à d'autres ce que tu fais pour eux pendant les six prochains mois. Quand ils auront acquis l'expérience nécessaire, laisse-les à leurs postes pour de bon.

Il pouvait voir qu'elle méditait sa suggestion à sa façon de se mordre la lèvre. Ses confidences l'avaient consterné. Elles brossaient un tableau très différent de son discours positif habituel sur cette période de sa vie. Peut-être les deux versions étaient-elles vraies. L'important était de comprendre cette dualité et écouter ses doutes.

— Forcée très jeune de t'effacer, puis de t'impliquer activement pour prouver ton utilité… Pas étonnant que tu peines à trouver un juste milieu. Mais je suis là pour t'aider.

Il posa une main sur son ventre.

— On dirait que tu t'es un peu arrondie…

— Je te déçois, n'est-ce pas ?

— Pas du tout ! riposta-t-il avec véhémence. Mais rappelle-toi notre conversation, le soir de notre mariage. Nous avions décidé de faire de nous deux et du bébé notre priorité absolue. Et nous n'avons rien fait de tel. Recommençons à zéro, d'accord ? Tous les deux. Moi aussi, je me suis laissé distraire.

Il l'enlaça quand il vit que ses yeux étaient humides. Après l'avoir bercée un moment, il plongea dans l'eau avec elle pour noyer ses larmes. Comment lui faire comprendre à quel point il la chérissait ?

— Tu sais, la grand-mère de Balo est potière. Je t'ai fait un mug quand je suis allé chez eux engager son mari.

Claudia esquissa un pâle sourire. Au moins, elle ne pleurait plus.

— Tu viens offrir du travail et tu te retrouves à fabriquer un mug ?

— Oui. Il est un peu bancal. Mais je me suis amélioré depuis le bol de ma mère. Tu le connais, c'est celui que j'utilise tout le temps dans la cuisine de Lor. Je n'arrivais pas à me décider pour la couleur du vernis. Bleu comme le ciel ou ambre comme tes yeux. Je dois retourner le vernir quand il sera sec.

— Bleu comme le ciel, trancha Claudia.

— Et comme la vaisselle que j'ai choisie pour notre usage quotidien. Elle me plaît bien. Tu pourrais venir au manoir et me donner ton avis.

Elle ouvrit des yeux ronds.

— Tomas Sokolov, fée du logis ?

— Je préfère ne pas m'appesantir sur cette nouvelle passion pour la poterie. Mais viens avec moi demain et passe la nuit, si tu peux. Tu manques aux lévriers.

— Tu parles. C'est leur vie nomade qui leur manque. Au moins, avec toi, ils passent du temps au grand air.

— Non, je t'assure. Ils se languissent de toi, et moi aussi.

Parler. Communiquer. Combler la distance par les mots. Jamais il n'avait été aussi volubile. Lui aussi était capable d'apprendre.

— S'il te plaît, Claudia, prends du temps pour toi. Nous pourrions explorer ensemble ma baronnie. As-tu le droit de monter à cheval ?

— Non, le médecin me l'a formellement interdit, répondit-elle. Mais j'ai le droit de nager. Dans ce bassin, pas à l'embouchure. Cas me l'a défendu, alors que lui continue d'y aller.

Tomas connaissait cet endroit. Le courant rapide vous projetait contre la grille au bout de la rivière souterraine avec une force inouïe !

— Encore heureux. C'est bien trop dangereux.

— Alors Cas non plus ne devrait pas avoir le droit de nager là-bas. Il ne peut pas mourir tant qu'il n'aura pas d'héritier assez grand pour monter sur le trône sans que j'aie besoin d'être régente. Au fait, ne prête pas attention à la rumeur selon laquelle j'aurais tenté d'empoisonner le roi hier.

— Ah... Qu'est-il arrivé au roi hier ?

Tomas redoutait que Claudia ait à remplacer son frère un jour. C'était possible. Elle était la suivante dans l'ordre de succession. Sophia, née hors mariage, ne pourrait jamais régner sur Byzenmaach. Les règles de succession royale étaient aussi archaïques qu'absolues.

— Sophia lui a transmis sa gastro attrapée à l'école, expliqua Claudia. Cela ne vaut pas un bon vieux complot d'empoisonnement. Certains sont prêts à tout pour creuser un fossé entre Cas et moi.

— Qui ? Je veux des noms.

— Pas si tu menaces de révéler leurs sombres secrets dès qu'ils s'opposent à moi.

— Rabat-joie.

Il redevint sérieux.

— Claudia, écoute-moi. Personne ne se dressera jamais entre toi et ton frère. Votre lien est indestructible. Il te veut à ses côtés car il t'aime. Ton soutien est un atout. Mais il continuera de t'aimer même si tu décides de prendre du recul. Exige du temps pour toi. Sers-toi de moi et du bébé comme excuse. Mais vois avec lui les points sur lesquels il a le plus besoin de toi et délègue le reste. Réclame un secrétaire royal. Tu verras, tu n'en seras que plus efficace. Je suis bien placé pour parler. Autant que mon expérience te serve.

— Tu es un saint.

— Non. Un égoïste qui te veut un peu plus pour lui.

— Pourquoi ne pas m'avoir dit que tu te sentais négligé ?

— Pour mieux te tirer les vers du nez.

— Oh ! un mari sournois ?

Cette découverte semblait la ravir.

— Honnête, rectifia Tomas. Et fidèle.

— Et nu.

En effet.

— T'ai-je dit combien j'étais... *excité* de te voir ?

— Tu viens de le faire.

Elle noua les jambes autour de sa taille et se frotta lascivement contre lui.

— Mais je sais que tu préfères le langage non verbal. Si tu me montrais, plutôt ?

Défi accepté.

12

Casimir et Ildris négociaient depuis des heures, au grand dam de Claudia. Les fauteuils avaient beau être confortables, son dos la mettait au supplice. Privée de caféine, elle s'en tenait à l'eau et en était à sa quatrième pause toilettes en deux heures. Chaque fois, les deux hommes s'interrompaient et se levaient, pour ne reprendre la discussion qu'à son retour.

Dire qu'elle revenait de deux jours idylliques avec Tomas à Aergoveny… Le manoir était devenu son lieu préféré au monde. Ils avaient déniché un débarras rempli de vieux tapis. À cette occasion, elle avait découvert que se prélasser sur le canapé, appuyée contre une montagne de coussins, pendant que son mari et plusieurs de ses apprentis livraient les différents tapis à son inspection était une excellente façon de passer le temps. Surtout quand lesdits apprentis amenaient leurs faucons pour leur apprendre à sociabiliser.

Tomas s'épanouissait dans ses rôles de seigneur et de mari. C'était un bonheur pour Claudia, qui vivait d'autant plus le retour au palais comme une corvée. Et ces négociations qui n'en finissaient pas…

Pour autant qu'elle puisse en juger, Cas et Ildris se rejoignaient sur l'essentiel, mais ergotaient sur des détails mineurs. Bien sûr, ces détails n'en étaient pas pour les personnes directement concernées. Mais Claudia avait fini par se désintéresser des bénéfices prévisionnels des éleveurs de saumon sur la rivière Sorl et des attentes des propriétaires de vergers plus en aval. Il y avait longtemps qu'elle avait perdu le fil des pour et des contre de chaque camp. Ildris était un bon chef. Cas aussi. Byzenmaach ne connaissait aucun trouble civil, ni n'était belliciste envers ses voisins. Se pouvait-il que les deux hommes prennent simplement plaisir à débattre *ad nauseam* ? Tant mieux pour eux si cela les amusait. Mais avait-elle vraiment besoin d'être là ?

Elle se leva et s'étira, une main pressée dans le bas de son dos. Un geste qui fit ressortir son ventre arrondi. Elle n'était pas *énorme*, mais il aurait fallu être aveugle pour ne pas voir qu'elle était enceinte. Cas se leva à son tour en soupirant, imité par Ildris.

— Encore ?

— Oui, encore.

Rudolpho, toujours présent, tira son fauteuil en arrière.

— Votre Majesté, seigneur Ildris, permettez-moi de prendre congé. Mon esprit est ailleurs et mon dos me fait souffrir. Seules quelques vétilles restent à régler. Vous vous en sortirez très bien sans moi.

Ildris demeura impassible. Cas fronça les sourcils.

— As-tu besoin de voir ton médecin ? s'enquit-il.

— Seulement si je tiens à l'entendre me répéter qu'il est parfaitement normal pour une femme enceinte d'être fatiguée, d'avoir mal au dos et d'aller souvent aux toilettes.

Rudolpho, béni soit-il, lui ouvrait déjà la porte.

— Tu reviens demain ?

C'était Cas son frère, pas Cas le roi, qui lui posait la question. Elle en était certaine.

— Non. Je rentre à Aergoveny pour le week-end. Je veux être là quand les grèbes à cou noir et rouge de Tomas arriveront.

— Les quoi ?

— Des canards.

Elle adressa un clin d'œil à Rudolpho.

— Mon mari rassemble des oiseaux aquatiques en voie de disparition et je le soutiens à cent pour cent.

— Ton mari est aussi mon fauconnier. Quand ai-je consenti à devenir le roi des canards ? lança son frère dans son dos.

Cas d'humeur badine était son Cas préféré. Il gagnerait à se laisser aller plus souvent.

— Jamais, jeta-t-elle par-dessus son épaule. Mais ce ne sont pas tes canards, ce sont ceux de la planète. Ne me remercie pas.

Avec ses priorités redéfinies et Tomas plus souvent à ses côtés, Claudia apprenait à mieux répartir son temps entre le palais, la forteresse et Aergoveny. Le manoir était un véritable coup de cœur. Il avait le potentiel de refléter le meilleur des différents mondes où elle évoluait, tout en convenant à la perfection à Tomas. Tomas avait de l'ambition et une autorité naturelle, en plus d'être un homme juste et digne de confiance. Sous son égide, tous tenaient à donner le meilleur d'eux-mêmes. Qui ne voudrait pas décrocher la lune avec lui ?

Claudia en était à présent à son septième mois de grossesse. La semaine précédente, le Palais avait annoncé publiquement qu'elle et Thomas attendaient leur premier enfant pour novembre. Bien sûr, les gens savaient compter. Ils sauraient qu'elle était tombée enceinte avant le mariage. Mais quelle importance ? Elle avait trouvé son équilibre. La vie était belle ! Qui aurait cru que le bonheur puisse être aussi facile ?

De passage au palais, Claudia se préparait à un énième après-midi de joutes politiques. Alors qu'elle se changeait dans son dressing, elle remarqua du sang dans sa culotte. Pas beaucoup. Juste quelques gouttes. Quatre... peut-être six en tout. Petites, mais d'un rouge vif qui ébranla sa confiance en elle. La panique l'envahit.

Elle ne pouvait pas perdre le bébé. Tomas n'aurait plus de raison de rester avec elle. Plus aucune. Non, c'était impossible. Elle allait s'asseoir un moment. Ou mieux, s'allonger sur le sol de la salle de bains, jambes en l'air appuyées sur le bord de la baignoire, et le problème s'arrangerait de lui-même.

Elle entoura son ventre de ses bras. Elle ne voulait pas penser à ce qui arriverait s'il n'y avait pas de bébé en novembre pour elle et

Tomas. Ses vœux de mariage resteraient-ils valables ? Qui dans sa vie lui resterait loyal si elle ne faisait pas ce qu'on attendait d'elle ?

Ce sont tes complexes qui parlent, se raisonna-t-elle entre deux inspirations saccadées. L'affection de Tomas est sincère, tu le sais. Il te le montre tous les jours.

Les poèmes d'amour et les grandes déclarations n'étaient pas son genre. Pour lui, les actes comptaient plus que les mots. Il lui était tout dévoué, investi dans cette vie qu'ils construisaient ensemble. Cela ne changerait pas. L'homme qu'elle avait choisi n'était pas superficiel. L'épreuve pourrait même les rapprocher.

Mais plus tard, après avoir annulé ses rendez-vous et vu son médecin, qui l'exhorta au repos… Bien plus tard encore, de retour à la forteresse d'hiver… Elle se coucha tôt, sans parler à Tomas de ces six ou sept gouttes de sang dans sa culotte. Elle feignit d'être déjà endormie lorsqu'il la rejoignit au lit et la serra contre lui. Tant qu'elle ne disait rien, ce n'était pas réel. Le silence était son meilleur allié.

Le lendemain, Claudia leva le pied. Les jours suivants aussi. Elle fit la grasse matinée et reprogramma tant d'entrevues que Rudolpho se présenta à la forteresse, exigeant de savoir ce qui se passait.

Les saignements avaient cessé. Mais l'angoisse l'incitait à la prudence. Peut-être aurait-elle dû en parler à Tomas avant qu'il ne parte à Aergoveny pour trois jours. Elle avait décliné sa proposition de l'accompagner. Nul doute qu'il avait remarqué sa nouvelle tendance à dormir le matin et rester des après-midi entiers à lire dans sa chambre. Elle ne promenait plus ses lévriers et délaissait ses faucons, elle qui, au plus fort des nausées matinales, mettait un point d'honneur à continuer de s'occuper de ses animaux.

Mais personne ne posait de question quand une femme enceinte changeait brusquement ses habitudes, avait-elle constaté. Du moins, aucun homme. Excepté Rudolpho, mais uniquement parce qu'il en référait au roi.

— Je dois lui donner une réponse, insista-t-il. Quand pensez-vous revenir au palais ?

— Je n'en sais rien, répondit-elle sèchement. Je ne suis pas en état d'assister à un déjeuner officiel aujourd'hui.

— Que dit votre médecin ?

— Que je dois me reposer. C'est ce que je fais.

Elle se leva, incapable de rester en place.

— Je sais que Cas compte sur moi pour convaincre ses opposants de la vieille garde du bien-fondé du projet de nouvelle distribution de l'eau. Mais l'accord est passé. Les rois des quatre royaumes voisins l'ont signé. Eux et leurs vapeurs n'y changeront rien. S'ils ne l'acceptent pas, qu'ils soient remplacés.

— Princesse...

— N'êtes-vous pas d'accord ? Il serait temps d'arrêter de les ménager.

— Certes, mais...

— Cas est leur *roi*. Ses ordres ne se discutent pas. C'est aussi simple que cela !

Rudolpho s'approcha, l'inquiétude peinte sur ses traits.

— Votre Altesse, s'il vous plaît, asseyez-vous.

— M'asseoir, me lever, assister à tel ou tel banquet... Qu'est-ce vous attendez tous de moi, à la fin ?

Ne pouvait-elle même pas avoir une crise de nerfs sans qu'on lui dise quoi faire ?

— Princesse, *asseyez-vous.*

Le ton tranchant du valet la fit tressaillir.

— Vous saignez, Madame. Votre état me préoccupe.

Claudia obéit et s'assit sur le bord du lit, puis s'allongea, foudroyée par une crampe douloureuse.

— Ne dites rien à Tomas, implora-t-elle.

— Pour quelle raison ?

Rudolpho était déjà à la porte et faisait signe à quelqu'un dans le couloir.

— Vous, trouvez l'intendante Lor et amenez-la ici. Et vous,

appelez le médecin royal et dites-lui de venir de toute urgence. Maintenant ! Ne restez pas plantés là !

Ses ordres distribués, il revint auprès de Claudia.

— Levez les pieds. Ne bougez pas.

Claudia ferma les yeux.

— S'il vous plaît, ne dites rien à Tomas, répéta-t-elle. Il me quittera s'il n'y a plus de bébé.

— Votre Altesse, vous délirez, la sermonna Rudolpho, la mine plus soucieuse que jamais. Qu'avez-vous bu et mangé récemment ? Est-il possible que vous soyez victime d'un empoisonnement ?

Elle sentit une paume fraîche sur son front.

— Vous êtes brûlante. Avez-vous utilisé des produits nouveaux ? Des onguents ? Des crèmes pour la peau ?

— Des huiles de bain, dit Claudia. Rose, bergamote et d'autres parfums. Elles me viennent de Lady Ester.

— La maîtresse aigrie de votre oncle qui haïssait vos deux parents ? Elle vous offre des produits et vous ne les faites pas analyser ?

C'est-à-dire, vu comme cela...

— Attendez, Lady Ester était la maîtresse de mon père ? Et c'est maintenant que vous me le dites ?

— La maîtresse de votre oncle, précisa Rudolpho.

— Qui était probablement mon...

Elle s'interrompit. Était-ce son ventre qui l'élançait ou plus bas ? Difficile à dire avec le mal de tête qui venait s'ajouter au reste.

— Non, vous n'êtes pas au courant. Oubliez ce que je viens de dire. Continuez à vous occuper de moi.

— Que suis-je censé faire ? Vous avez une forte fièvre et vous saignez du nez...

— Quoi ?

Claudia porta la main à son nez. Du sang lui tachait les doigts.

— Du nez ! C'est du nez que je saigne ! Dieu merci, ce n'est que cela ! Attendez que je vérifie si...

Rudolpho se retourna précipitamment, une main sur les yeux.

— Non, rien du tout. Quel soulagement !

— Je dirai à votre frère de vous accorder le reste du mois, énonça-t-il. S'il vous plaît, attendez l'arrivée d'une femme avant de… vous examiner… plus en détail.

Claudia s'essuya le nez. Comment ne l'avait-elle pas remarqué ?

— Vous avez dit que je saignais. J'ai cru que je perdais le bébé.

— Votre Altesse, je vous en prie…

— Que se passe-t-il ici ? tonna une voix grave dans le couloir.

Une voix qu'elle reconnaîtrait entre mille.

— Tiens, tu es déjà de retour ?

— Je ne suis jamais parti, dit Tomas. Mon départ a été repoussé à cause d'un faucon blessé. Et aussi parce que je m'inquiétais pour ma femme. Que fait le valet du roi dans notre chambre ?

— Dieu merci, vous êtes là, marmonna Rudolpho. Elle est tout à vous. Elle a de la fièvre et saigne du nez. J'ai fait appeler le médecin.

— Je croyais faire une fausse couche, Rudolpho soupçonne un empoisonnement par mes huiles de bain et Cas veut savoir quand je reviens au palais, résuma Claudia.

— Que tout le monde aille au diable ! explosa Tomas.

Il se tourna vers le valet.

— Que faites-vous encore là ?

Cet accès d'autorité plut à Claudia. Rudolpho disparut dans la salle de bains et en ressortit avec le flacon d'huile de bain.

— Je vous tiendrai au courant, dit-il avant de s'éclipser.

— Tu veux bien m'expliquer ce qui te tracasse depuis des jours ? gronda Tomas. À moins que tu ne préfères que je l'apprenne de quelqu'un d'autre ?

D'accord, autoritaire *et* de mauvaise humeur.

— Je… J'ai perdu un peu de sang, l'autre jour… là en bas.

Il suivit son geste des yeux et pâlit.

— Le médecin m'a dit que cela pouvait arriver et il m'a conseillé de me reposer, ce que j'ai fait. Sauf qu'aujourd'hui, j'ai un peu de fièvre et je saigne du nez.

— Que vient faire la théorie de l'empoisonnement là-dedans ?

Elle haussa les épaules.

— Rudolpho a une imagination débordante.

— Si je comprends bien, tu craignais de faire une fausse couche et as préféré me le cacher. Tu m'as dit au revoir ce matin comme si de rien n'était.

La voix de Tomas enflait à mesure qu'il parlait.

— Ne penses-tu pas que j'avais le droit de savoir ? Me crois-tu incapable de faire face ?

— Pas du tout ! protesta-t-elle. C'est juste que je ne voulais pas t'inquiéter pour rien.

— Donc tu allais affronter cette histoire de fausse couche toute seule, c'est cela ? Quand tu m'as dit que tu avais besoin de te reposer sur moi le soir de notre mariage, était-ce un mensonge ?

— Non !

— Alors pourquoi me repousses-tu ? J'ai besoin que tu t'appuies sur moi, Claudia.

— Pas pour tout et n'importe quoi. Cela aussi, je te l'ai dit le soir de notre mariage.

Elle se frotta le nez du dos de la main. Il saignait de nouveau.

— Ne bouge pas, intima Tomas.

Il revint de la salle de bains avec des mouchoirs et un gant de toilette humide.

— Craindre de perdre le bébé n'est pas « tout et n'importe quoi », Claudia. Et pourquoi n'avons-nous jamais évoqué ce risque d'empoisonnement ?

— Parce qu'il n'existe pas, assura-t-elle.

Le gant de toilette était agréablement frais sur sa peau brûlante. Elle se laissa aller contre les coussins.

— Je ne suis pas détestée à ce point, n'est-ce pas ?

Elle espérait que non.

— Peut-être est-ce la fièvre qui a provoqué le saignement de nez. Le médecin nous dira ce qu'il en est.

— Et les autres saignements ? insista Tomas en retournant le gant de toilette sur son front.

— Juste quelques gouttes. Mais j'ai paniqué. Le médecin n'était pas très inquiet et m'a seulement recommandé de lever le pied. Je ne voulais pas t'alarmer inutilement. Je… J'avais peur de te perdre.

— Me perdre ?

Elle garda les yeux fermés pour ne pas avoir à affronter son regard.

— Si tu m'as épousée, c'est uniquement pour le bébé. Tout le monde le sait.

— Je t'ai épousée parce que je suis digne de toi. C'est toi-même qui me l'as dit. Tu penses vraiment que je te quitterais si tu perdais le bébé ? C'est absurde ! Tu dois cesser de faire passer les autres avant toi, Claudia. Je te l'ai déjà demandé. Maintenant, je t'en conjure, arrête ! Personne ne te rejettera pour autant. Enfonce-toi cela dans le crâne une bonne fois pour toutes !

Son Tomas lui criait dessus ? Pour Claudia, c'était la plus belle des déclarations d'amour. Quelque chose ne tournait sérieusement pas rond chez elle.

— Alors tu m'aimes ? Vraiment ?

— Oui ! Bébé ou non. Que tu m'aimes ou non. Aussi sûrement que le soleil se lève chaque matin. *Oui !* Comment peux-tu en douter ?

— Tu ne me l'as jamais dit.

— Je te l'ai dit à notre mariage. Crois-tu que je prononcerais des vœux mensongers ? Ne réponds pas, la devança-t-il en roulant des yeux. Tu l'as vraiment cru, pas vrai ? Tu te trompais. Je t'aime et fais de mon mieux pour te le montrer chaque jour. Crois-moi, il vaudrait mieux que ce ne soit pas un empoisonnement.

— Pourquoi ?

— Parce que ma vengeance serait terrible. Un homme amoureux est le plus dangereux des hommes.

Et une femme amoureuse souriait comme elle lui souriait maintenant.

— Je t'aime aussi. Je n'ai jamais voulu que le meilleur pour toi. Je veux…

Tout ce que *lui* voulait.

Pourquoi ses paupières étaient-elles aussi lourdes ? Elle avait pourtant bien dormi cette nuit.

— Tomas...

Elle prit sa main, chaude et calleuse dans la sienne.

— S'il y a vraiment un problème et que tu dois choisir entre...

— Toi, la coupa-t-il. C'est toi que je choisis. Sans hésiter. Ne m'oblige pas à te le prouver.

— D'accord.

La réponse avait le mérite d'être claire.

— Mais nous pourrions être à nouveau confrontés à cette question plus tard, quand notre enfant sera là et...

— Nous ne reviendrons plus jamais là-dessus, décréta Tomas. Tu ne feras pas de fausse couche. Tu n'as pas été empoisonnée. Je ne te laisserai pas mourir une deuxième fois. Fin de la discussion.

Claudia poussa un soupir.

— Très bien. Le sujet est clos.

Même délirante de fièvre, elle n'oublierait pas ce serment. Tomas était le mari parfait, et elle une mauvaise épouse de ne pas avoir eu confiance en lui.

— À partir de maintenant, je ne te cacherai plus rien, promit-elle.

— Merci.

— Comme cela, on pourra paniquer ensemble.

— Absolument.

— Je suis contente que tu ne sois pas parti ce matin.

— Je ne lis pas dans les pensées, Claudia. La prochaine fois, dis : « Tomas, tu veux bien rester aujourd'hui ? Je ne me sens pas dans mon assiette. » Simple comme bonjour.

— C'est rare que je me sente dans mon assiette, en ce moment. Comment faire la différence entre une nausée matinale, une indigestion de coquilles Saint-Jacques et une tentative d'assassinat ?

— Je vais me renseigner. Ildris a peut-être la réponse.

— Tu copines avec Ildris, maintenant ?

— Jamais de la vie. Je veux seulement qu'il se fasse des cheveux blancs à ton sujet. Il l'a bien cherché.

— J'ignorais que j'avais épousé un génie du mal, murmura Claudia.

— Eh bien, maintenant, tu le sais. Claudia ?

— Mmh ?

Ses yeux se fermaient tout seuls.

— Quoi qu'il t'arrive, tu vas te remettre.

— Je ferai de mon mieux.

— Et je serai à tes côtés.

Les tests sanguins ne révélèrent aucun poison. L'huile de bain fut mise hors de cause, non sans grandement froisser Lady Ester, outrée par ces accusations. Les saignements s'étaient arrêtés, mais le placenta était légèrement décollé. Rien que ne puisse gérer Tomas, capable d'un sang-froid à toute épreuve quand la situation l'exigeait. Du moins aimait-il à le penser.

Il avait appelé Casimir et demandé qu'il cesse d'utiliser sa sœur comme bouc émissaire. Puis il avait exigé d'Ildris un plus grand soutien de la part des clans du Nord durant la grossesse compliquée de Claudia. Alya vivait désormais avec eux à Aergoveny, ainsi que deux autres femmes du clan et trois de ses apprentis, tous trois logés dans l'aile ouest du manoir. La démarche de Tomas était simple : entourer Claudia de personnes qui la connaissaient et l'appréciaient à sa juste valeur. Mission accomplie.

Sa carrure imposante avait sans doute ajouté du poids au discours qu'il avait tenu à sa communauté. Bras croisés sur son torse, il avait rappelé à tous ce que Claudia avait réalisé et le respect qu'elle méritait. Quiconque cherchait à lui nuire ou profiter de son incurable besoin d'être utile le faisait à ses risques et périls. Ils auraient affaire à lui, sans exception. Ils étaient prévenus. Ce n'était pas trop demander, n'est-ce pas ?

Par chance, tout le monde était d'accord.

— J'ai besoin de toi pour surveiller Alhena pendant quelques semaines, dit-il à Claudia un matin en s'asseyant à son chevet. Elle n'est pas insensible à un des mâles que je lui ai présentés. J'aimerais les amener tous les deux ici pour que tu gardes un œil sur eux.

— Tu veux dire, dans la chambre ?

— Oui.

— Et toi qui me reproches de rapporter mon travail à la maison, plaisanta-t-elle. D'accord, mais uniquement parce que je suis fan d'Alhena.

— Parfait. Si le couple se forme, il faudra les observer de près et prendre des notes.

Claudia plissa des yeux soupçonneux.

— C'est de la pure invention, n'est-ce pas ?

— Démasqué, admit Tomas. Mais puisque tu dois rester au lit jusqu'à la naissance du bébé, j'essaie de t'occuper. Tu vas craquer si tu n'as rien à faire. J'ai besoin de toi en forme quand notre enfant sera là. Au fait, t'ai-je déjà dit que tu seras une mère fantastique ?

Il prit sa main dans la sienne.

— On dit qu'il faut un village pour élever un enfant. Aergoveny sera ce village. On va ajouter un fauteuil confortable près de la fenêtre et ouvrir les volets pour que tu profites des montagnes. Et on placera le lit du bébé dans le coin, là-bas. Tu verras, il y sera si bien qu'il fera ses nuits tout de suite.

— L'espoir fait vivre, repartit Claudia en riant. Mais continue. Est-ce qu'il y aura des tapisseries aux murs ?

— Si tu veux.

— Parfait.

— Quoi d'autre ?

Quelles que soient ses demandes, modestes ou exigeantes, absurdes ou sérieuses, elles seraient satisfaites. Il passerait un pacte avec le diable pour lui faire garder le moral.

Le médecin arriva pour son bilan hebdomadaire. Elle posa à Claudia les questions habituelles, prit sa température et sa tension, préleva un échantillon de sang, puis un autre d'urine, avant de sortir son stéthoscope et écouter son cœur. L'examen terminé, elle croisa les bras d'un air grave.

— J'irai droit au but. Vous êtes trop isolée, ici. Vous avez besoin d'un suivi médical plus approfondi.

— Je peux m'installer au palais, proposa Claudia.

— Non.

L'estomac de Tomas se noua. Juste au moment où il pensait avoir la situation sous contrôle... Mais cela faisait partie des risques. Il ferait face.

— Faites votre valise, dit le médecin. Vous partez à l'hôpital.

Tomas faisait les cent pas, rongé par l'angoisse. Cas, Ana et Ildris étaient avec lui. Il se sentait à l'étroit dans cette salle d'attente exiguë. Il n'avait pas l'habitude d'une telle terreur. Ni lui, ni les autres. Une part de lui regrettait que Claudia ne puisse les voir, tous, bouleversés à l'idée de la perdre. Elle n'aurait plus de doute, alors. Elle *saurait* qu'elle était aimée, utile ou non. Que ne donnerait-il pour retourner avec elle dans les montagnes !

— Vous l'aimez, murmura Ildris. Je n'en étais pas sûr avant...

— Et si vous vous taisiez, plutôt ? le rabroua Tomas.

— M. Sokolov ?

Une infirmière avait passé la tête par la porte. Les titres étaient superflus dans un tel moment.

— Oui ?

— Vous pouvez venir voir votre femme.

Il se tourna vers Cas. Il n'avait aucune intention de lui céder sa place. Mais Cas était quand même le roi.

— Je lui dirai que vous êtes là. Que vous êtes *tous* là.

— Allez-y, dit Cas. Elle vous attend.

Tout était si blanc dans les hôpitaux. Les couloirs. Les chambres. Les lits. Cela n'avait rien de réconfortant. Mais Claudia était entre de bonnes mains, elle le savait. Les meilleures du pays. Dans les cas d'hématome rétroplacentaire partiel, une surveillance constante de l'activité cardiaque du fœtus était préconisée. Si elle pouvait rester encore une semaine au lit sans bouger, tout se passerait bien, assuraient les médecins.

Aucun problème. Quoi qu'on lui demande de faire, elle le ferait.

La porte s'ouvrit et Tomas apparut. Le cœur de Claudia s'emballa. Elle vit son regard s'attarder sur les machines auxquelles elle était branchée. En particulier le moniteur cardiaque.

— Ce sont les battements du cœur de notre bébé, expliqua-t-elle. Pour l'instant, elle va bien.

— « Elle » ?

— Oh ! en réalité, je n'en sais rien. La sage-femme qui a effectué l'échographie a vu le sexe, mais je n'ai pas demandé. L'essentiel est qu'« il » ou « elle » soit en bonne santé.

— Je t'aime, dit Tomas. Prépare-toi à entendre ces mots plus souvent.

Elle n'avait rien contre.

— Je dois rester à l'hôpital jusqu'à la naissance du bébé, expliqua-t-elle. Ordre du médecin.

Son fauconnier préféré digéra la nouvelle avec un haussement d'épaules.

— Alors je reste aussi. Je serai là quand tu t'endormiras le soir et à tes côtés chaque matin. Je sais que tu n'aimes pas te réveiller seule dans un lieu inconnu.

Claudia regarda le médecin.

— Est-ce que...

— Cela peut être arrangé ? Bien sûr. Vous serez déplacée dans une chambre double. Mais pas de relations jusqu'à la naissance.

Tomas afficha une mine scandalisée.

— C'est mon devoir de le préciser.

— Merci, docteur.

Il se tourna vers Claudia.

— Tu as besoin de moi. C'est la seule chose qui me fasse tenir.

— J'aurai toujours besoin de toi, affirma Claudia.

— Ravi de l'entendre. T'ai-je déjà dit que je t'aimais ? C'est important de répéter les choses. Il n'y a pas plus efficace comme technique d'apprentissage.

— C'est toi, le maître fauconnier, repartit-elle. Je t'en prie, apprends-moi à voler dans tes bras. Tu n'auras même pas besoin de m'appâter avec de la nourriture.

Le médecin étouffa un rire, tandis que la sage-femme se couvrait le bas du visage pour cacher son hilarité.

— Hum, bien.

Le médecin s'éclaircit la gorge.

— Je vais de ce pas briefer le roi et la reine, ainsi que le seigneur du Nord, restés dans la salle d'attente, puis je m'occuperai du changement de chambre. Quelqu'un viendra s'enquérir de vos préférences alimentaires.

— Inutile, intervint Tomas. Le Palais prend très au sérieux les risques d'empoisonnement. La nourriture viendra de l'extérieur et des gardes seront postés devant la porte. Rudolpho s'occupera de tout. Je crains que vous n'ayez pas votre mot à dire.

— Que voulez-vous ? Ils m'aiment tous éperdument, plaisanta Claudia.

— En effet, reprit Tomas.

Le médecin hocha la tête.

— C'est ce que je vois. Claudia, je compte sur vous pour leur tenir la bride. Pas de faucons, de défilés, de banquets royaux ou de journalistes. Si j'ai oublié quelque chose, faites-le moi savoir.

— Merci, docteur.

Claudia demeura seule dans la chambre avec son mari éperdu d'amour.

— Tu n'es pas obligé de rester jusqu'à la naissance du bébé. Tu le sais, n'est-ce pas ? Il faudra bien que tu ailles retrouver tes faucons.

— Ils attendront.

Sa résolution était aussi touchante qu'implacable.

— Parce que tu m'aimes ?

Un tel dévouement n'était pas pour lui déplaire. Il sourit, de ce sourire qui n'était que pour elle.

— Maintenant que tu le dis... Oui.

Épilogue

Bébé Sokolov vit le jour par césarienne à trente-quatre semaines et six jours et demi. Elle posa sur le monde de grands yeux ébahis en criant à pleins poumons. Son père émerveillé était là pour la serrer contre lui, avant de la déposer dans les bras de sa mère.

Maintenir l'une et l'autre en bonne santé avait été un défi quotidien. Mais Tomas avait l'habitude des défis. Chaque moment passé avec Claudia en avait valu la peine. La fenêtre de la chambre offrait une vue magnifique sur les toits de la ville. Dans un coin avait été installé un tour de potier. Ils avaient façonné assez d'assiettes, de bols et de vases pour toute une vie...

Et tous étaient biscornus.

Leur fille, elle, était parfaite avec sa touffe de cheveux noirs et les yeux de Claudia. Des yeux qui le contemplaient sans ciller tandis qu'elle tétait le sein de sa mère. Tomas sentit son cœur se gonfler d'amour.

— Comment allons-nous l'appeler ? demanda-t-il.

Ils avaient compilé une liste de prénoms. Ils avaient compilé *beaucoup* de listes durant leur temps à l'hôpital.

— Orea, dit Claudia.

Du grec désignant les divinités des montagnes.

— Orea Alya Ana Sophia Lor...

— Stop !

Aucun enfant ne méritait cela.

— Orea Alya, c'est suffisant, décréta Tomas.

— Orea Alya Sokolov. Elle est magnifique. Regarde-la…

— Oui, on devrait la garder.

— Ton père se croit drôle, souffla Claudia à leur fille. Ne t'inquiète pas, il devrait retrouver son état normal de retour dans ses montagnes. Rester enfermé entre quatre murs ne lui réussit pas.

Oui, bientôt, il ferait découvrir les montagnes à sa fille, et les étoiles dans le ciel, et les faucons. Elle rencontrerait Lor et Silas, ses arrière-grands-parents de cœur. Son oncle et sa tante la gâteraient à n'en plus finir, sans qu'elle apprenne avant plusieurs années qu'ils régnaient sur le pays. Elle s'occuperait de son poney et de ses lévriers, et dormirait sous la tente avec les clans du Nord en pensant faire du camping. Elle roulerait des yeux à ses blagues pas drôles et il la serrerait dans ses bras à l'étouffer.

Tomas s'installa sur le lit, comme il l'avait si souvent fait ces dernières semaines. Il glissa un bras derrière Claudia pour qu'elle puisse se reposer sur lui. Parce qu'il serait toujours pour elle une épaule sur laquelle s'appuyer.

— Bienvenue dans notre monde, mon cœur, murmura-t-il au deuxième amour de sa vie. Tu verras, tu vas l'adorer.